LAURINS ZORN

Die Fälle des Major Joschi Bernauer
Band 5

Autorin:
Ingeborg Mistlberger ist Verfassungsjuristin und begeisterte Bridgespielerin. Sie studierte Rechtswissenschaft und Katholische Theologie in Linz/Donau. Bekannt wurde sie mit der Vorstellung ihres ersten Romans „Mörderischer Kontrakt, Die Fälle des Major Joschi Bernauer" auf der Leipziger Buchmesse 2016, die das Interesse von Fernsehen und Presse nach sich zog.

Ingeborg Mistlberger

LAURINS ZORN

Die Fälle des Major Joschi Bernauer
Band 5

Kriminalroman

Bibliographische Information der Deutschen Nationalbibliothek
Die Deutsche Nationalbibliothek verzeichnet diese Publikation in der
Deutschen Nationalbibliografie, detaillierte bibliografische Daten sind
im Internet über http://dnb.dnb.de abrufbar.

© 2019 Ingeborg Mistlberger
Herstellung und Verlag
BoD - Books on Demand, Norderstedt
ISBN 9783750415386

Personen der Handlung

Major Dr. Joschi Bernauer, Leiter der Mordkommission Salzburg

Hofrat Dr. Sassmann, Polizeipräsident Salzburg

Dr. Iris Adler, Primaria der Herzchirurgie am LKH Salzburg

Mag. Georgio di Angelo, Präsident des Südtiroler Bridge-

Verbandes

Dr. Markus Zillner, Zahnarzt in Salzburg

Anna Koch, Sprechstundenhilfe Dr. Zillners

Dr. Carl Kausch-Palmer, Untersuchungshäftling

Silvio Catuzzi, Villenbesitzer am Ritten

Arturo Valzer, Sekretär Catuzzis

Dr. Solveig Gundlach, Schönheitschirurgin am Nereidenhof

Commissario Rufus Foscari, Mordkommission Bozen

Graf Siefenthal, Verwandter Dr. Gundlachs in Bozen

Julia Bereta, Verwalterin eines Weingutes in Kaltern

Violetta Bereta, Weissagerin aus Tarot-Karten in Eppan

Luis Filipe Sousa, Verwaltungsbeamter in Angola,

Sauro Bereta, Sägewerksbesitzer in Campotosto

Die Sichtklappe an der Tür zur Zelle im Untersuchungsgefängnis wurde wieder geschlossen, dann betrat ein Justizbeamter den Raum.

„Kommen Sie, Dr. Kausch, Ihr Zahnarzttermin."

„Dr. Kausch-Palmer, wenn ich bitten darf."

Kausch-Palmer schob dem Beamten seinen Arm entgegen und betrachtete ungerührt das Einrasten der Fessel über seinem Handgelenk.

Als der Beamte mit einem Kollegen und dem Häftling die Praxis des Zahnarztes betrat, wurden sie von einer freundlichen Sprechstundenhilfe empfangen. Sie ersuchte die drei Männer, kurz im Warteraum Platz zu nehmen und sich ein wenig zu gedulden, es könnte noch einige Minuten dauern.

Die beiden Justizbeamten wechselten einverständlich den Blick, dann nickte der jüngere der Sprechstundenhilfe zu.

„Ich komme gleich wieder zurück", sagte er und schickte sich an, die Ordination zu verlassen.

Sie lächelte und antwortete wissend mit einer Geste des Zigarettenrauchens.

Am Gang öffnete er dann das Fenster, um Asche und Rauch loszuwerden und sah dabei mit Interesse einem kleinen Hund zu, der geradezu nervig erfolglos versuchte einen riesigen weißgrauen Sennenhund zu provozieren, der friedlich neben der Parkbank lag, auf der sein Herrchen saß.

Nach einigen Minuten schloss der junge Mann das Gangfenster, um in die Ordination zurückzukehren, betätigte einige Male die Klingel, doch geöffnet wurde ihm nicht. Auch weitere Versuche, auf sich aufmerksam zu machen, blieben ohne Erfolg.

Daran änderten merkwürdigerweise auch heftigeres Klopfen und lautstarkes Rufen nichts, im Inneren der Praxis blieb alles still.

Was sollte das bedeuten und wieso reagierte auch sein Kollege nicht? Sogar wenn der Schreibtisch im Wartezimmer unbesetzt war, müsste man im Ordinationsraum sein Klopfen und Rufen gehört haben.

Was war nun in dieser Situation zu tun? Sollte er seine Dienststelle verständigen, zur Selbsthilfe greifen oder beruhte seine Beklemmung womöglich nur auf einer Übersteigerung des Gefahrenbewusstseins? Eine äußerst schwierige Entscheidung für ihn, der er noch längst nicht gewachsen war, denn es fehlten ihm einfach Dienstjahre und Erfahrung.

Nach reiflicher Überlegung beschloss er, selbst zu handeln.

Er ging drei Schritte zurück und trat dann so heftig gegen die Tür, dass das Holz krachend aus dem Rahmen splitterte.

Das Vorzimmer der Zahnarztpraxis war leer, die Tür zur Ordination stand einen Spalt breit offen, aber es kam kein Laut aus diesem Raum.

„Leo", fragte der junge Beamte, „Leo, bist Du da drinnen?"

Vergeblich und nervös wartete er auf Antwort und das dröhnende Rauschen des Blutdrucks in seinen Ohren steigerte die Gewissheit, es würde ihn gleich etwas ganz Schreckliches erwarten.

„Sowie man etwas wirklich genau weiß, ist es meistens zu spät", pflegte sein Vater, der ebenfalls der Exekutive angehörte, zu sagen.

Mit der Pistole im Anschlag trat er nun derart wuchtig gegen die Tür des Behandlungsraumes, dass sie innen gegen die Wand prallte.

Die Ordination schien zwar verlassen, aber ein Blick auf den Behandlungsstuhl übertraf seine schlimmsten Befürchtungen. Dort saß zusammengesunken Kollege Leo, die Uniform rot von Blut. Vorsichtig suchte er nach einer Möglichkeit, dem Verletzten zu helfen, musste aber erkennen, dass dies ein sinnloses Unterfangen war. Der Tod dürfte ziemlich schnell durch Ersticken eingetreten sein, denn man hatte seine Kehle aufgeschlitzt.

Er sah sich um. Durch eine offene Glastür erreichte man einen schmalen Balkon, der sich über die ganze Länge des Hauses hinzog und von dem aus man über niedrige gläserne Trennscheiben bequem in die nachbarlichen Wohnungen gelangen konnte. Zunächst, dachte er, musste er jetzt den Eingang zur Praxis sichern, doch dazu war es bereits zu spät.

Durch die zersplitterte Eingangstür schob sich eine finster blickende Frau von beachtlichen Ausmaßen.

„Was ist hier los?" fragte sie streng.

„Ich bin im Dienst der Justiz", sagte er, „verlassen Sie bitte die Ordination."

„Was heißt im Dienst?" bellte sie.

„Dass Sie Schwierigkeiten mit der Polizei bekommen werden, wenn Sie meine Anordnungen nicht befolgen."

Sie schien noch zu überlegen, zog sich aber nach eingehender Begutachtung seiner Uniform in das Stiegenhaus zurück.

Nachdem er Meldung erstattet hatte kniete er erschüttert und verzweifelt neben seinem toten Kollegen nieder und schluchzte ungehemmt wie ein Kind. Es war seine erste gegenständliche Erfahrung mit der leider allgegenwärtigen Brutalität seines Berufes.

Als Major Joschi Bernauer in der Praxis eintraf, hatten die Spurensicherung und der Gerichtsmediziner ihre Arbeit bereits beendet.

„Dem Mann wurde die Kehle mit einem Skalpell durchtrennt", sagte der Gerichtsmediziner, „es lag direkt auf seinem Schoß. Der Schnitt durch die Kehle ist ihm mit an Sicherheit grenzender Wahrscheinlichkeit von einer hinter ihm stehenden Person zugefügt worden."

„Der Handschellenteil am Arm des Häftlings wurde übrigens ordnungsgemäß geöffnet und befindet sich zusammen mit der anderen Hälfte am Arm des Toten", sagte ein Mann der Spurensicherung.

Bernauer trat hinaus auf den Balkon.

„Wem gehören die Räumlichkeiten nebenan?" fragte er.

„Es ist die Wohnung des Zahnarztes."

„Und?"

„Es hält sich dort niemand auf", war die Antwort.

„Außer einer Katze", mischte sich die Riesin aus dem Vorhaus wieder ein. Sogar der Polizei war es bisher nicht gelungen, sie völlig außer Reichweite zu halten.

„Was ist mit der Katze?" fragte Bernauer.

„Ich betreue sie während Dr. Zillner außer Haus ist."

„Und Sie sind?"

„Die Hausmeisterin", trompete sie und richtete sich auf. „Und jetzt möchte ich wissen, was hier vor sich geht."

„Wohnen Sie in diesem Haus?"

„Natürlich, im Parterre."

„Gehen Sie bitte in Ihre Wohnung zurück", sagte Bernauer, „aber halten Sie sich zu unserer Verfügung, ich brauche Sie später noch und schließen Sie die Wohnung des Arztes auf."

Bernauer war überrascht, als er die Räume betrat. Einer Flucht von Zimmern gegenüber befanden sich ein marmornes Badezimmer von beachtlichem Ausmaß, ein Trainingsraum, bestückt mit verschiedenen Maschinen zur Körperertüchtigung, eine elegante Sauna aus Zirbenholz und ein Schrankraum, gefüllt mit Maßkleidung. Auch die Küche entsprach gehobenen Ansprüchen.

Eine geräumige Wohnbibliothek musste allerdings den bevorzugten Aufenthaltsraum des Eigentümers darstellen, da sie das einzig benutzte Zimmer inmitten der überall herrschenden strengen Ordnung zu sein schien.

Plötzlich, und obwohl er wusste, dass sich außer ihm niemand in der Wohnung befand, befiel ihn ein lauerndes Gefühl gespannter Aufmerksamkeit. Langsam wandte er sich um und entdeckte in einem durch die Bücherwände entstandenen Erker, dass ihn aus dem Körbchen am oberen Ende eines Kratzbaumes die blauen sibyllinischen Augen einer Perserkatze verfolgten.

Welche Rolle mochte der Zahnarzt in dieser Angelegenheit spielen? Für Bernauer war seine Mitwirkung an dem Drama kaum vorstellbar.

„Wer sich diese Wohnung leisten kann, setzt doch sein luxuriöses Leben nicht durch eine offensichtliche Beteiligung an einem Verbrechen aufs Spiel", dachte er.
Außerdem, wohin war die Sprechstundenhilfe gekommen?

Vielleicht konnte die Hausmeisterin etwas Licht in die Sache bringen.
„Ich habe schon begriffen", stellte sie fest, „da oben liegt eine Leiche."
Beinahe triumphierend folgte nun ihre persönliche Meinung: „Es wird absolut höchste Zeit, dass gegen das ganze Gesindel einmal richtig vorgegangen wird, sofort einsperren, sag ich immer, sofort. Obwohl", sie nickte bekräftigend, „um einen Einbrecher ist es genau so wenig schade wie um die Vergewaltiger. Gut, dass Ihr ihn erledigt habt."
Befriedigt hob sie die geballten Fäuste, wandte sich aber überraschend schnell wieder der Realität zu.
„Der Doktor wird schon anständig sauer sein, sogar wenn ich den Saustall wegräume, bevor er wieder ordiniert."
„Menschlichkeit in überschaubaren Grenzen", stellte Bernauer bei sich fest, aber ihre Haltung erwies sich im Zusammenhang mit seiner Arbeit trotzdem als weitaus angenehmer als üblich. Das Letzte, das er jetzt gebrauchen konnte, waren ein hysterischer Anfall oder ausufernde Gefühlswallungen, wie in den meisten derartigen Fällen beinahe obligatorisch.
Bereitwillig und ohne Umschweife erklärte sie ihm, dass sie sich um die Katze kümmere, wenn der Zahnarzt außer Haus sei. Zurückkommen aus dem Urlaub würde er diesmal in einer Woche und die Sprechstundenhilfe, eine sehr nette Frau übrigens, sei ebenfalls unterwegs, so weit ihr dies al-

lerdings bekannt sei, in Reichenhall oder dort in der Nähe, aber sie hätte natürlich deren Handynummer.

„Kann ich den Theseus jetzt füttern?" fragte sie abschließend, „der arme Kerl ist nämlich so schrecklich sensibel."

„Wenn Sie von der Katze sprechen, die hat man mit Sicherheit nicht belästigt", versicherte Bernauer amüsiert, „also gehen Sie ruhig hinauf, Theseus soll auf Futter und Zuspruch nicht verzichten.

Bernauer gab den Auftrag, sowohl den Zahnarzt als auch die Sprechstundenhilfe ausfindig zu machen und forderte den Akt des Untersuchungshäftlings Dr. Kausch-Palmer an.

Kausch-Palmer war im Computerfachhandel tätig und ein vermögender Mann. Seinen Sitz hatte er in einem ehemaligen Jagdschloss nahe der Fuschler Ache, wo er häufig Gäste der besten Gesellschaft empfing. Besonders Politiker, industrielle Größen und Auslandsgäste fanden sich gerne zu seinen extravaganten Jagdveranstaltungen ein.

Dass er nun in Untersuchungshaft geraten war, konnte allerdings kein Zufall gewesen sein.

Hinter vorgehaltener Hand war bereits seit einiger Zeit gemunkelt worden, Kausch hätte Beträge im mehrstelligen Millionenbereich flüssig gemacht, um damit eine politische Partei unangemessen in ihrer Wahlwerbung zu unterstützen. Dies dürfte ihm dann letztlich auch zum Verhängnis geworden sein.

Eines Tages waren nämlich der Staatsanwaltschaft und der Finanzbehörde Unterlagen zugespielt worden, in denen er der Verschleierung von Vermögen und Einkommen, sowie unerlaubter Parteienförderung bezichtigt wurde. Als Grundlage für die Schaffung illegaler Werte waren die Fälschung von Zertifikaten für Diamanten aus Minen Angolas, deren Schürfung in Zwangsarbeit durchgeführt wurde, sowie der Handel mit diesen sogenannten Blutdiamanten angegeben. Auch die diesbezüglichen Konten im Ausland hatte man offengelegt.

Erschwerend kam noch hinzu, dass diese Beweise gleichzeitig den Medien zugegangen waren, also blieb trotz bester Beziehungen für Kausch keine reale Chance, die Angelegenheit zu applanieren.

Bernauers Kenntnisse auf dem Gebiet der Finanzvergehen und dem verbotenen Handel mit Diamanten waren zwar sehr gering, aber dass sich der hochlöbliche Kausch-Palmer hier gröberen Ärger eingefangen hatte, war unbestreitbar.

So weit Bernauer wusste, sollte der Blutdiamantenhandel, mit dessen Erlös gewalttätige Konflikte in Krisengebieten finanziert wurden, nicht grundsätzlich strafbar sein, er verstieß jedoch gegen den Kimberley-Prozess, der über offizielle staatliche Herkunftszertifikate des jeweiligen Ursprungslandes versucht, diesen Diamantenschmuggel zu verhindern. Leider handelte es sich dabei lediglich um Selbstverpflichtungserklärungen der Staaten, die an sich nicht bindend sind und kaum Sanktionsmöglichkeiten bieten. Eine hochinteressante Sache, auch wenn sie strafrechtlich nicht wirklich relevant war. Wenn allerdings Kausch-Palmer dadurch ein Vermögen erwarb und es dann an der Steuer vorbeischleuste, war ihm früher oder später der Zugriff der Staatsgewalt sicher gewesen.

Jedenfalls war nun Bernauers Interesse geweckt und er versuchte, sich über den Computer in die Materie zu vertiefen. Dabei stieß er ziemlich schnell auf eine weitere Verordnung der Europäischen Union von 2002, durch welche alle Unionsstaaten verbindlich zur Einhaltung ihrer Erklärungen zum Kimberley-Prozess verpflichtet wurden.

„Das könnte sogar bei den Hintergrundermittlungen zum Mord an dem Justizbeamten in der Ordination des Zahnarztes hilfreich sein", dachte Bernauer, denn die geschmuggelten Steine mussten ja irgendwo geschliffen werden und wenn Kausch am Erwerb und Verkauf der Diamanten beteiligt war, musste er auch dahingehend Verbindungen haben. Gingen die Steine möglicherweise nach Amsterdam oder Antwerpen, handelte es sich um Mitgliedsländer, so dass dann auch die Richtlinien der EU griffen.

Die Konsequenz derartiger Machenschaften, nämlich aus dem Diamantengeschäft offiziell ausgeschlossen zu werden, konnte für alle Beteiligten ungeheure Verluste nach sich ziehen. Von dieser Warte aus gesehen war natürlich auch für seine Partner das Abtauchen Kausch-Palmers ziemlich dringlich geworden, noch ehe sein Prozess begann und er möglicherweise einen Deal mit der Staatsanwaltschaft ausgehandelt hätte, bei dem er seine Partner oder verschiedene Einzelheiten ihrer Geschäftspraxis bekannt geben konnte, um selbst im Verfahren besser auszusteigen.

Schon aus diesem Grund musste ihn also entweder die Gruppe seiner Geschäftsamigos bei der Flucht unterstützt haben oder die internationale Szene der Diamantenmafia. Außerdem war zumindest eine Person in der Justizanstalt mit im Spiel gewesen, denn bereits der Besuch bei demjenigen Zahnarzt, den Kausch-Palmer vorher laufend privat aufgesucht hatte, stellte ein Privileg dar, ganz abgesehen vom perfekten Timing in der Ordination Dr. Zillners. Nicht gänzlich auszuschließen war natürlich, dass Dr. Kausch tatsächlich Zahnschmerzen gehabt hatte und dann nach einem ausgeklügelten Plan entführt worden war.

Vornehmlich wichtig war es daher, zuerst die Vorzimmerkraft zu finden.

Anna Koch, die Sprechstundenhilfe Dr. Zillners, befand sich zwar auf Urlaub in Berchtesgaden, erklärte sich aber sofort bereit, am nächsten Tag in Salzburg zu erscheinen.

Frau Koch war eine schlanke, elegante Person in den Vierzigern. Abwartend saß sie ruhig vor Bernauers Schreibtisch, konnte aber trotzdem ihre Neugierde schlecht verbergen.

„Was hat sich denn da jetzt wirklich abgespielt?" fragte sie, nachdem geklärt war, dass Dr. Zillner den Urlaub auf seinem Weingut in Kaltern verbrachte, während sie selbst sich auf Wanderurlaub in Berchtesgaden befand.

Da sie aber schon so ungefähr Bescheid wusste, war anzunehmen, dass ihr die Hausbesorgerin bereits zumindest ihre eigene Version der Angelegenheit mitgeteilt hatte.

„Wie viele Schlüssel gibt es eigentlich zur Ordination Dr. Zillners und wer besitzt einen davon?" fragte er.

„Der Chef selbst, ich natürlich und die Hausmeisterin. Ob noch weitere Exemplare existieren weiß ich leider nicht."

„Und es gibt auch sonst keine Angestellten in der Praxis?" vergewisserte sich Bernauer.

„Nein", sagte sie, „es gab auch nie welche."

„Aber der Schreibtisch im Wartezimmer war besetzt, eine blonde Frau im weißen Mantel empfing die beiden Justizbeamten und Dr. Kausch-Palmer, der einen Termin als Schmerzpatient hatte."

„Das sollte allerdings unmöglich sein, die Praxis ist seit einer Woche geschlossen."

„Ihr langjähriger Patient befand sich, wie Sie vermutlich wissen, in Haft. Einer der beiden Beamten, die ihn begleiteten, wurde etwas später mit durchtrennter Kehle auf dem Behandlungsstuhl aufgefunden. Von Dr. Kausch-Palmer sowie der Frau im Vorzimmer fehlt jede Spur. Ob es einen echten oder falschen Zahnarzt überhaupt gegeben hat, wurde bis jetzt leider nicht geklärt."

„Und wo blieb denn dann zu der Zeit der zweite Mann aus der Justizanstalt?"

„Er hielt sich für einige Minuten am Gang des Vorhauses auf. Er war es auch, der den toten Kollegen in der Ordination gefunden hat."

Die Sprechstundenhilfe war blass geworden.

„Nein", sagte sie, „nein, nein, nein, das kann nicht sein."

Plötzlich richtete sie sich auf.

„Wollen Sie damit etwa andeuten, Dr. Zillner sei ebenfalls das Opfer eines Verbrechens geworden?"

„Wenn er sich tatsächlich in Südtirol befindet, sicherlich nicht."

Eine Überprüfung der Patientenkartei und anderer Unterlagen durch Frau Koch ergab keinerlei Unregelmäßigkeiten, die Räume der Zahnarztpraxis waren vor dem Urlaubsantritt einer gründlichen Reinigung unterzogen worden.

Dr. Zillners Anwesenheit auf seinem Weingut in Kaltern war am Amtshilfeweg von der italienischen Polizei über das Personal des Weinhofes bestätigt worden. Er traf dann zwar am nächsten Tag in Salzburg ein, konnte aber ebenfalls keine Erklärung zu dem schrecklichen Vorfall in seinen Räumlichkeiten geben.

Dr. Carl Kausch-Palmer wurde umgehend zur Fahndung ausgeschrieben und Joschi Bernauer war nun wohl oder übel auf diese Ermittlungsergebnisse angewiesen.
Auch ein Besuch in der Justizanstalt, aus der Kausch-Palmer kam, brachte nichts Neues zu Tage. Der Mann war von heftigen Zahnschmerzen geplagt worden, daher brachten ihn zwei Justizbeamte in die Praxis seines ständigen Zahnarztes.
Wie es aber zur Vereinbarung des Termins gekommen war ließ sich nachträglich nicht mehr feststellen.
Und trotzdem konnte sich Bernauer des Gefühls nicht erwehren, dass man im Untersuchungsgefängnis ihm und seinen Erhebungen feindselig gesinnt war. Was irgendwie doch wieder verständlich war, denn wer wollte schon freiwillig über die Kollegenschaft Auskunft geben.
Auch die Staatsanwaltschaft zeigte wenig Bereitschaft, der Mordkommission Einsicht in das Belastungsmaterial des Untersuchungshäftlings Dr. Kausch-Palmer zu gewähren.

„Wirtschaftskriminalität", sagte Hofrat Sassmann „ist eine heimtückische Geschichte, Geld schützt sich automatisch immer selbst."
Nachdenklich starrte er wie zur Wahrheitsfindung auf einen imaginären Punkt.
„Man wird sofort über uns herfallen, wenn wir auch nur im Geringsten anfangen könnten herumzustochern."

„Vielleicht später, momentan lässt man uns eindeutig links liegen", antwortete Bernauer.

„Das wird sich aber ziemlich schlecht auswirken auf die laufenden Ermittlungen."

„Schleichenden wäre wesentlich passender gesagt."

Zwei Wochen später, am Freitag Nachmittag, rief Bernauer seine Freundin, Dr. Iris Adler, Primaria und Herzchirurgin im Landeskrankenhaus, an.

„Iris, Mädchen", sagte er, „bist Du heute Abend noch frei?"

„Gott sei Dank", antwortete sie, „ich bin gerade, dabei für das Wochenende Schluss zu machen. Was liegt an?"

„Ich würde vorschlagen, wir essen im Restaurant auf dem Mönchsberg zu Abend und köpfen ein Fläschchen, wie sieht es bei Dir aus?"

„Ich will es mal so ausdrücken: Es käme mir sehr gelegen. Gibt es einen besonderen Anlass?"

„Du wirst schon sehen."

Zwei Stunden danach hatten die beiden auf der eleganten Terrasse vor dem Restaurant Platz genommen und genossen das wunderbare Panorama der Stadt. Es bedeutete immer wieder ein Erlebnis für Bernauer über die barocken Dächer und Prachtbauten hinweg auf das grobe weiße Gemäuer der Festung zu blicken, die wie eine romantische Dekoration eines gigantischen Dioramas in den sonnig blauen Himmel strebte.

Iris, im schwarzen Kostüm von Gil Sander das ihrem hellen Teint mit den kupferroten Haaren ungemein schmeichelte, erregte sofort die wohlwollende Aufmerksamkeit der anderen Gäste.

Nach einem ausgezeichneten Abendessen und einer Flasche Veuve Clicquot, Ponsardin Brut, die vom Sommelier persönlich an ihrem Tisch geöffnet worden war, wollte Iris nicht länger warten.

„Das ist für einen beiläufigen Anlass verdächtig nobel, Joschi, also komm endlich zur Sache", drängte sie ihn, „was gibt es denn zu feiern, ich platze vor Neugier?"

„Iris", sagte er, „Du hast doch demnächst Geburtstag und leider muss ich Dich jetzt schon mit meinem Geschenk vertraut machen. Betrachte die heutige Einladung also als den ersten Teil."

Gespannt blickte sie ihn an.

„Was hältst Du von einer Woche Urlaub in Bozen?" Schnell und überzeugend fügte er noch hinzu: „Ich habe im Laurin gebucht in der Hoffnung, Du kannst Dich freimachen."

„Und wie ich mich freimachen werde", sagte sie eilig. „Eine Woche im besten Hotel Südtirols, ich danke Dir."

„Ehrlich gesagt, Du hast es mehr als verdient", bekannte er, „so heldenhaft, wie Du mich und meinen Beruf erträgst."

Obwohl Dr. Kausch-Palmer bundesweit gesucht wurde, blieb die Fahndung nach ihm ergebnislos.

Polizeidirektor Hofrat Sassmann schniefte empört.

„Als ob es nicht schon schlimm genug wäre, dass sich eine prominente Persönlichkeit wie Kausch-Palmer so weit exponiert, dass die Untersuchungshaft verhängt werden musste, sorgt jetzt auch noch sein Verschwinden im Zusammenhang mit einem Mord für gesteigertes Interesse. Wieso wird der Mann denn nicht gefunden, irgendjemand muss ihn doch irgendwo gesehen haben, sein Bild figuriert schließlich auf allen Titelseiten der Medien", ärgerte er sich.

„Und jetzt, wo er nachweislich nicht mehr der Gentleman ist, als der er sich gegeben hat, wird sich sein Bekanntheitsgrad erfahrungsgemäß noch weiter erhöht haben", bestätigte Bernauer.

„Im Allgemeinen haben wir sogar bei wesentlich unbedeutenderen Fahndungen so viele Hinweise, dass wir ihnen kaum nachkommen können."

„Es ist ein Rätsel", sagte Bernauer, „der Mann ist wie vom Erdboden verschluckt. Es könnte natürlich sein, dass er sich irgendwo versteckt hält bis etwas Gras über die Sache gewachsen ist, um dann später den EU-Raum zu verlassen. Ohne ihn sehe ich allerdings keine Chance, den Tod des Justizbeamten aufzuklären. Den falschen Zahnarzt, sofern er existiert, hat der zweite Beamte überhaupt nicht zu Gesicht bekommen und auch von der Komplizin im Vorzimmer gibt es nur eine überaus vage Beschreibung. Man weiß nur, dass sie kurzhaarig, blond und schätzungsweise fünfunddreißig, vierzig Jahre alt gewesen sein soll, aber weibliche Wesen dieser Beschreibung gibt es zu tausenden."

„Also sind wir zurzeit darauf beschränkt, den Fall weitgehend nur in Evidenz zu halten?" fragte Sassmann.

„Das fürchte ich sehr", antwortete Bernauer.

Ihr Geburtstag begann für Iris bereits sehr ungewöhnlich. Sie fuhren zum Flughafen, betraten das Gebäude ganz untypisch durch einen Nebeneingang, dann ließ Bernauer Iris mit einer Tasse Kaffee in einem kleinen Aufenthaltsraum zurück und bat sie um ein wenig Geduld, da er eine Kleinigkeit zu erledigen hätte.

„Wieso sind wir überhaupt am Flughafen?" fragte sie beunruhigt.

„Sei nicht so ungeduldig", sagte er streng, „heute wird nicht gemotzt."

Als er zurückkam, hatte er die Koffer mitgebracht.

„Darf ich die Dame bitten, mich zu begleiten?" fragte er galant.

Iris folgte ihm verständnislos und sah erstaunt, dass er das Gepäck hinter den Sitzen einer Cessna verfrachtete, die silbrig glänzend auf dem Rasen stand, bereit, das Rollfeld anzusteuern.

„Final Check ist absolviert", grinste er, „wenn also Madame einsteigen wollten, der Tower wartet mit der Starterlaubnis. Du wirst vom Himmel her über Bozen einschweben, Mädchen."

Iris zögerte ein wenig und sah sich um.

„Jetzt kommt die eigentliche Überraschung", sagte Bernauer triumphierend, „ich habe meinen Pilotenschein aktiviert."

„Hältst Du mich zum Besten?" fragte Iris beeindruckt.

„Natürlich nicht", grinste er, „ich habe sogar schönes Wetter für heute bestellt."

„Ich weiß gar nicht, was ich sagen soll", lachte Iris, schwang sich aber blitzschnell auf den Einstiegholm über dem Rad in die Kabine und betrachtete neugierig das Innenleben der kleinen Maschine.

Nach kurzer Verständigung mit dem Tower schwenkten sie in die Startbahn ein, der Motor kam auf Touren und ehe Iris ihre gewohnte Gelassenheit wieder gefunden hatte, stieg die kleine Cessna in den wolkenlosen Himmel.

Iris genoss den Flug, betrachtete die abgezirkelte Form der Äcker und Wiesen, das gewaltige Massiv des Steinernen Meeres und all die malerisch verstreuten Orte mit besonderem Interesse, denn erstmalig genoss sie die Aussicht aus einer Flughöhe, die viel tiefer lag als die der Verkehrsmaschinen.

Bevor Bernauer die Cessna zur Landung ansetzte, zog er noch zwei ausladende Schleifen über Bozen. Iris versuchte, aus der Luft die verschiedenen ihr bekannten Gebäude auszumachen und wiederholte dann sichtlich aufgekratzt Bernauers Verständigung an den Tower:

„Oscar echo five Golf Romeo is clear to land."

Am Flughafen holte Bernauer den bestellten Mietwagen ab und kurz darauf waren sie am Parkhotel Laurin in Bozens Innenstadt angelangt.

Bernauer hatte die Suite mit Dachterrasse, die Iris noch nicht kannte, gebucht.

Vom wundervollen Blick bis über die Gebirge hin begeistert, hätte sie am liebsten sofort diesen überwältigenden Ausguck bezogen, ein wunderbares Refugium hoch über den Dächern der Stadt mit Bäumen und Blumen bepflanzt.

Für den Abend war dann erfreulicherweise in der Hotellounge das Jazzkonzert einer bekannten Combo aus Mailand angesagt und dort wollte man dann auch auf Iris Geburtstag anstoßen.

Ein erster kleiner Rundgang durch Bozen und die Fühlungnahme mit den einladend dekorierten Auslagen der eleganten Geschäfte brachte Iris in Hochstimmung.

Aber „Joschi", sagte sie nach ungefähr zwei Stunden Flanieren über die kopfsteingepflasterten Straßen etwas kläglich, „ich fürchte, meine müden Flossen brauchen etwas Ruhe. Stört es Dich sehr, wenn ich mich vor dem Konzert im Hotel noch ein wenig ausruhe?"

„Stört es Dich, wenn ich noch ein wenig herumstrolche?"

„Natürlich nicht", antwortete Iris und war ziemlich froh, ohne weitere Unterhaltung ungestört die Beine hochlegen zu können.

Frisch gestärkt nach einem Schläfchen auf der Terrasse hatte sie sich bereits für den kommenden Abend zurechtgemacht und fuhr hinunter in die sicher faszinierendste Hotelbar Südtirols im Stil der Belle Epoque, durch Säulen unterteilt und mit Birnenholz getäfelt. Direkt unterhalb des Plafonds erzählt über drei Seiten hin ein Wandfries die zauberhafte Geschichte vom Zwergenkönig Laurin und seinem Rosengärtlein und zwischen den Tischen mit den schweren Lederfauteuils schenken gedämpfte Inselleuchten dem Gast das angenehme Gefühl von Luxus und Gediegenheit.

Auch die riesige Bar, ein Ort beschaulicher Ruhe, vermittelt dem Besucher jene exquisite Atmosphäre, der man sich unmöglich entziehen kann.

Da sich der Großteil der Gäste vermutlich noch an den Tischen des weitläufigen hoteleigenen Parks aufhielt, war die Auswahl an Sitzgelegenheiten in der Lounge recht groß und Iris wählte mit Bedacht einen Tisch an der Fensterfront neben dem auch im Sommer noch richtig gemütlich aussehenden offenen Kamin. Hier saß sie grundsätzlich bei Veranstaltungen, da man den völlig uneingeschränkten Blick auf die Musiker und sogar auf den sonst ziemlich verborgenen Pianisten schräg hinter der Säule hatte.

Suchend blickte sie sich um und sah erfreut, dass Erwin, der Barkeeper, auf sie zukam. Eigentlich betrachtete sie ihn inzwischen eher als Freund in dem ihr lieb gewordenen Hotel, denn er hatte trotz des enormen Betriebs in Bar und Lounge immer ein wenig Zeit für sie, außerdem besaß er ein wunderbares Detailgedächtnis für die Belange seiner Gäste. Ein Grund mehr, sich hier heimisch und angenommen zu fühlen.

Erwin brachte automatisch den doppelten Espresso, den sie jedes Mal zum Einstieg nahm, denn eines war für sie sicher, richtigen Kaffee zu machen verstanden eben nur die Italiener.

„Wir haben im Moment noch eine weitere Dame aus Salzburg im Haus und zufällig hat sie das Tischchen neben dem Ihrem reserviert", flüsterte Erwin gleichzeitig mit dem bemerkenswerten Auftritt eines attraktiven weiblichen Gas-tes. Selbstsicher steuerte die Lady quer durch die Lounge auf die Kaminwand zu und nahm am Tischchen neben Iris Platz.

„Buona giornata, signora", lächelte Erwin, „posso portare il Franciacorta?"

„Lo chiedo", lächelte sie und nahm am Tisch unmittelbar neben Iris Platz.

„War das ein Irrtum", dachte Iris, „es war doch von einer Salzburgerin die Rede?"

Um sich die Zeit des Wartens zu verkürzen, blätterte sie in einem italienischen Modemagazin, das auf der Bank nebenan liegengeblieben war, aber als Bernauer nach mehr als zehn Minuten noch immer nicht erschienen war, sah sie sich zum Eingang um, wobei ihr die Zeitschrift entglitt und zu Boden fiel.

Bevor Iris noch reagieren konnte, hatte die Nachbarin vom Nebentisch das Journal aufgehoben.

„Grazie tanto", sagte Iris und stockte hilflos, denn dies war schon der überwiegende Teil ihres italienischen Sprachschatzes gewesen.

„Gern geschehen", kam die Antwort, „Sie müssen mein kleines Spielchen mit Erwin nicht zu ernst nehmen, denn trotz seiner ausgezeichneten Deutsch- und Englisch-kenntnisse unterhalten wir uns zur Einstimmung immer in italienischer Sprache, später wechseln wir nach Lust und Laune." „Dann sind Sie also doch die angekündigte Salzburgerin?" „Irgendwann kriegt der Gute einen Kuppelpelz", lachte die Frau, „mein Name ist übrigens Gundlach, Solveig Gundlach."

„Freut mich sehr, Iris Adler."

Die beiden schüttelten sich die Hände, doch Solveig Gund-lach blickte etwas überrascht.

„Iris Adler? Ist dann vielleicht auch Sherlock Holmes ir-gendwo unterwegs?"

„Das fragt man mich ständig", lächelte Iris, die häufig auf die diesbezügliche englische Romanfigur und Namenskollegin angesprochen wurde, „sehe ich vielleicht aus wie eine Geheimagentin?"

Solveig Gundlach zuckte amüsiert die Schultern.

„Leicht möglich, vielleicht bin ich ja von der Spionageabwehr und sie merken es nur nicht."

Iris schüttelte lachend den Kopf.

„Also ich wäre da absolut ungeeignet und meine unromantischen Eltern hatten zweifellos nicht die leiseste Ahnung, dass Sherlock Holmes eine extravagante Affäre hatte."

Im weiteren Gespräch stellte sich überraschenderweise heraus, dass beide Frauen den gleichen Beruf ausübten, Iris als Herzchirurgin am Landeskrankenhaus Salzburg und Solveig als Chirurgin an einer Schönheitsfarm nahe Salzburgs.

„Es würde mich ungeheuer freuen", sagte Solveig, „wenn ich Sie bei Gelegenheit durch unser Haus führen dürfte, wobei ich gleichzeitig hoffe, umgekehrt nie Ihre Dienste in Anspruch nehmen zu müssen."

Sie griff in ihr Abendtäschchen, nahm eine Visitenkarte des Instituts heraus, schrieb ihren Namen und eine Handynummer darunter und reichte sie Iris.

Als sich wenig später Bernauer zu ihnen gesellte, traf mit ihm auch Solveig Gundlachs männliche Verabredung ein.

Der elegante Mittfünfziger aus Bozen erwies sich als netter Gesprächspartner und sogar fachkundiger Berater zur Bereicherung des Urlaubsprogramms, obwohl sich Bernauer und Iris durch oftmalige Aufenthalte in Bozen und Meran in der Gegend bereits ziemlich gut auskannten.

Silvio Catuzzi lebte ganzjährig in seinem Haus am Ritten, der Hochebene zwölfhundert Meter über Bozen, die als beliebte Sommerresidenz gut betuchter Bozener Bürger gilt, in einer Ortschaft mit dem beschaulichen Namen Maria Himmelfahrt.

„Wenn Sie unsere Erdpyramiden noch nicht gesehen haben, müssen Sie das unbedingt nachholen. Aber fahren Sie mit der Seilbahn bis Oberbozen und wandern dann das letzte Stück zu Fuß. Die empfohlene Strecke von der anderen Seite her ist eher eine Art Touristenfalle, bequem und gesäumt von Gasthäusern, aber sie trifft nicht das Wesentliche."

Inzwischen hatte das Personal vor Klavier und Cello einige Sesselreihen aufgestellt, die nun schon ziemlich dicht von in- und externen Gästen des Hotels besetzt waren.
Auf eine kleine Attitüde des gutaussehenden Saxophonisten hin begann Ruhe im Publikum einzutreten und die Session konnte beginnen.
Wie bereits angekündigt, improvisierte man an diesem Abend Cool Jazz in wirklich interessanten Variationen und mehrere Soli wurden vom Beifall des begeisterten Publikums begleitet.
Einige Minuten nach Schluss des Konzertes durchschnitt ein heftiger Donner die laue Sommernacht und fallende Sterne zwischen buntfarbigen Blitzen überzogen den Himmel vor den riesigen Fenstern der Lounge zum Garten.
Viele Gäste verließen nun den Raum, um das Feuerwerk vom hoteleigenen Park aus zu bewundern und Iris und Dr. Gundlach schlossen sich an.
Bernauer und Catuzzi waren am Tisch sitzen geblieben und genossen die weiche Stille des beinahe leeren Raumes.
Bernauer nahm sein Glas und nickte leicht seinem Gegenüber zu, bevor er den letzten Schluck tat. Catuzzi erwiderte die freundliche Geste und sagte dann:

„Ich kenne übrigens ein Weingut klein und fein und beziehe selbst dort. Wenn Sie Interesse an einer besonderen Südtiroler Spezialität haben?"

Bernauer nickte zustimmend.

Catuzzi überlegte kurz, ging hinaus in die Empfangshalle und kam mit einem farbigen Prospekt zurück.

„Hier, diese kleine Anzeige am Rand, das wäre die Adresse, aber ich gebe Ihnen am besten eine kleine Empfehlung mit dazu."

Er schrieb einige Worte in italienischer Sprache neben die Werbung des Winzers und Bernauer bedankte sich erfreut.

„Und gönnen Sie sich auch einen kleinen Rundgang durch den Weingarten, es gibt da einen bezaubernden winzigen See, ein smaragdgrünes Juwel, das buchstäblich zwischen Rebstöcken verborgen liegt."

Das konnte ein Einkauf nach Bernauers Herzen werden.

Zwei Tage später frühstückten Bernauer und Iris auf der steinernen Galerie vor dem Hotel und genossen das bunte Leben, das sich ungefähr zweieinhalb Meter unter ihnen auf der Straße abspielte.

„Was hältst Du davon, heute einen Ausflug nach Eppan zu unternehmen?" fragte er, „wir könnten da auch noch Meran besuchen und das Schloß Trauttmansdorff. Die neue Parkanlage bis weit über den Berg hinauf und die gläserne Aussichtsschanze sollen eine Sensation sein."

„Und all dieser Aufwand zum Amüsement einer eitlen snobistischen Egoistin wie Kaiserin Sisi?"

Im Gegensatz zu den vielen realitätsverweigernden Romantikern, die blind im Schutze der sozial weitgehend gesicherten Verhältnisse die Pracht und Verschwendungssucht einiger Bevorrechteten von Gottes Gnaden auf Kosten anderer Menschen bewundern, hatte Iris für solches Verhalten schon von Berufs wegen keinerlei Verständnis. Dass es ein soziales Netz für Leben und Gesundheit gab, war richtig und notwendig, aber für seine Vergnügungen hatte jeder Mensch gefälligst selbst aufzukommen, sonst war er nichts anders als ein schäbiger Parasit.

Trotzdem, mit der von Bernauer vorgeschlagenen Tagesgestaltung war sie sehr wohl einverstanden und begann ihre Garderobe zu durchforsten. Letztlich konnte sich nach den schweißtreibenden Strapazen der Kleiderauswahl und Anproben das Ergebnis wirklich sehen lassen.

Iris trug ein leichtes Nichts in weißer Seide, welches bei Yves Saint Laurent tadellos als Sommertraum durchgehen konnte und zusammen mit smaragdgrünen Riemchensandalen und farblich passendem, wagenradförmigem Hut wurde ihre auffallende Ähnlichkeit mit Nicole Kidman noch weitaus stärker betont.

Das von Catuzzi empfohlene Weingut in Eppan hatte eine beinahe filmreife Atmosphäre.

Auf halber Höhe des über und über mit Reben bepflanzten Hanges lag der kleine Betrieb des Winzers samt Verkostungsraum in einem Haus aus groben grauen Steinen, in dessen oberer Etage ganz offensichtlich die Wohnräume lagen.

„Sie sind sicher der Commissario aus Salzburg?" fragte die Frau in der Eingangshalle. Man hatte ihn also bereits angekündigt.

Der Padrone würde in höchstens zwanzig Minuten zurück sein, versicherte sie, aber der Signore und die Signora könnten sich gerne inzwischen ein wenig umsehen, wenn sie möchten.

Bernauer nahm das Angebot, den Schau- und Verkaufsraum zu besichtigen, gerne an, während Iris lieber am Weg zwischen den Weinstöcken den Hang entlang wandern wollte, um die Sicht auf den kleinen See, der wie ein geheimnisvolles Auge inmitten der satten Reben am Fuße des Hügels liegen sollte, zu genießen.
Zuvor erreichte sie allerdings einen beinahe in den Weinlauben verschwindenden grobhölzernen Schuppen, dessen Atmosphäre sich, je näher sie kam, zu einer derart eigenartig lauernden Leblosigkeit verdichtete, dass sie sich beinahe zwanghaft, wenn auch widerwillig, der offenen Tür näherte.
Im Zwielicht des einfachen Raumes saß eine Frau in der typischen Kleidung der italienischen Bäuerinnen, einem schwarzem Wollkittel und dunklem Kopftuch.

„Buona giornata", sagte Iris, aber die hagere alte Frau, die an einem Holztisch saß, auf den sie sorgsam ein schwarzes Tuch gelegt hatte, interessierte sich nur für die darauf ausgebreiteten Karten. Die städtisch gekleidete Fremde nahm sie nicht zur Kenntnis.
Neugierig spähte Iris ins Halbdunkel und stellte fest, dass die Alte damit beschäftigt war, Tarot-Karten zu legen. Ein Krug und ein Becher aus Steingut standen neben ihr auf der Bank.
Plötzlich griff die Frau wortlos hinter sich und nahm von einer schmalen Holzkonsole ein weiteres tönernes Trinkgefäß. Bedächtig füllte sie es aus dem Krug mit Rotwein,

streckte Iris den Becher entgegen und bedeutete ihr mit einer aufmunternden Geste zu trinken.

Iris dankte und tat einen Schluck, der Wein war vorzüglich.

Daraufhin setzte sie sich unaufgefordert auf eine Kiste neben der Alten, die sich aber weiterhin nur mit ihren Karten beschäftigte. So schwiegen beide, genossen den ausgezeichneten Tropfen und schließlich schob ihr die Frau ohne aufzusehen, den Steinkrug hinüber. Also übernahm es jetzt Iris, in schweigendem Einverständnis, wieder nachzuschenken.

„Am Ende Deines Vergnügens steht der Tod", sagte plötzlich leiernd die Alte. Dabei hob sie den Kopf und ihr starrer Blick traf Iris so überraschend und intensiv, dass sie schmerzlich spürte, wie er sich in ihre Augäpfel bohrte.

„Aber es wird nicht der Deine sein."

Dann wandte sie ihre Aufmerksamkeit wieder ausschließlich den Karten zu.

Iris erfüllte ein seltsames Grauen, sie stellte den Becher zur Seite und stand auf.

„Auf Wiedersehen, danke schön", verabschiedete sie sich, bekam aber keine Antwort. Unsicher legte sie hastig einen zehn Euroschein auf das Fensterbrett, verschwand durch die offene Tür und eilte zurück zum Haus des Weinbauers, wo Bernauer die Auswahl und Bestellung der Weine bereits vorgenommen hatte.

„Du bist lange weggeblieben, warst Du am See?", fragte er.

„Nein, aber ich habe eine alte Frau getroffen in einem Geräteschuppen etwas weiter oben. Sie hat mir aus den Karten geweissagt, dass ein Mensch nach einer vergnüglichen Begegnung mit mir sterben würde."

„Oh Gott nein, Signora", mischte sich der Weinbauer ein, „das war nur Violetta. Sie spricht mit den Karten und bezieht die endgültige Antwort aus der fünften, die sie aufnimmt, eine harmlose Auslegung also.

Wir kommen nämlich aus den Abruzzen", fuhr er fort, „einer für Fremde unsinnigerweise ziemlich mysteriös scheinenden Gegend, dabei ist es oft nur die Einsamkeit, die dort gelegentlich Menschen etwas seltsam werden lässt."

Bestätigend nickte er kräftig.

„Violetta hat in meinem Haus gewohnt und ich habe sie nach der Übernahme dieses Gutes mit hierher genommen, denn sie wäre niemals in der Lage gewesen, alleine zu leben, besonders bei Wind und Wetter schmerzen sie ihre rheumatischen Knochen höllisch."

Und mit der Geste eines abgeklärten Philosophen setzte er nach: „Das Alter macht uns leider so schrecklich trostlos."

Dann lächelte er vergnügt, stellte Brot und Nüsse auf die Theke und brachte auch für Iris noch Wein zur Verkostung.

Obwohl Iris den Bummel durch Meran und den Besuch des Schlosses Trauttmansdorff sehr genossen hatte, fragte sie, als sie beim Aperitif auf der Dachterrasse ihrer Suite saßen, etwas bedrückt:

„Glaubst Du, Joschi, die Voraussage der alten Frau könnte sich irgendwie bewahrheiten?"

Bernauer schüttelte grinsend den Kopf: „Keine Spur, Mädchen, Du machst Dir doch keine Sorgen wegen derartiger Verrücktheiten?"

„Natürlich nicht", antwortete Iris, „aber die Situation war ausgesprochen beklemmend."

Am Abend, nachdem sie an einem der weiß gedeckten Tische im märchenhaft beleuchteten Garten des Hotels Platz genommen hatten, war dann das eigenartig berührende Erlebnis vom Weingarten vergessen. Das Angebot der Speisen war, wie immer, opulent. Eine absolute Notwendigkeit war natürlich, sich ziemlich früh einen der Tische zu sichern, da der überwiegende Teil der Nobiliti Bozens am Abend im Laurin speiste.

Später übersiedelten sie in die Bar und unterhielten sich bei einem doppelstöckigen Single Malt noch mit Erwin über ihre Tageserlebnisse. Als Iris auf ihre Begegnung mit Violetta im Weingarten zu sprechen kam, sagte er gut gelaunt: „Wissen Sie, Signora, wir Italiener sind schon ein verrücktes Völkchen. Entweder singen oder beten wir, sind verliebt oder ergehen uns in Verschwörungstheorien und sind grauenhaft abergläubisch. Meistens aber haben wir von allem ein bisschen und daher sind wir auch die gefühlvollsten Liebhaber der Welt.“

„Also den Fußball haben Sie jetzt vergessen“, lachte Bernauer.

„Joschi“, fragte Iris, als sie bereits zu Bett gegangen waren, noch zaghaft, „ich habe, als ich weggegangen bin, zehn Euro auf das Fensterbrett gelegt, findest Du das taktlos?“

„Welches Fensterbrett?“ fragte Bernauer, der beinahe schon eingeschlafen war.

„Na, Du weißt schon, bei der alten Frau in Eppan.“

„Taktlos nicht, aber ganz falsch“, gähnte er, „gib ihr die zehn Euro vorher, dann sagt sie Dir statt der Leiche eine Schwangerschaft voraus.“

Gut gelaunt und bei strahlendem Sonnenschein nutzten Bernauer und Iris am nächsten Tag die erste Seilbahngondel auf den Ritten, um nach Catuzzis Empfehlung die interessante Erdpyramiden-Wanderung zu unternehmen.

„Gut dass wir gleich mit einem Einheimischen ins Gespräch gekommen sind", sagte Iris beeindruckt, als sie vor diesen spitzen, kegelförmigen Gebilden aus gepresster Erde standen, die nur durch einen großen Stein über der Spitze, der ihnen den Anschein eines überdimensionalen Pilzes gab, witterungsbeständig gehalten wurden. Diese kleinen Gebirge, die aus phantastisch unrealistisch scheinenden Formationen bestanden und in einer breiten Talschneise mit über gut einem Kilometer Länge lagen, erreichten zum Teil Höhen bis zu zwanzig, dreißig Metern.

Auf dem Rückweg, an der Bergstation der Gondelbahn, traf unerwartet auch der freundliche Silvio Catuzzi aus dem Jazzkonzert im Hotel ein.

„Wenn ich nichts zu transportieren habe", sagte er, „lasse ich meinen Wagen hier stehen und nehme die Gondel nach Bozen hinunter. Das dauert höchstens zehn Minuten und mit dem Auto sind es immerhin zwölf Kilometer auf der überaus kurvenreichen Bergstraße."

Natürlich kam dann der erfolgreiche Weinkauf vom Vortag zur Sprache und als Bernauer beeindruckt vom Charme der Landschaft sprach, erwähnte Catuzzi, dass er vor zehn Jahren seiner geschädigten Lunge wegen von Rom hierher gezogen sei.

„In jüngeren Jahren habe ich mit Freunden viele Winterurlaube mit Skifahren in den Dolomiten verbracht und dabei dann dieses friedliche Plätzchen hoch über Bozen entdeckt.

Auf zwölfhundert Metern Höhe fühle ich mich wie ein Fisch im Wasser. Die Luft tut mir unendlich gut."

Dies war ein Gebiet, für welches sich Iris schon berufsmäßig erwärmen konnte und so unterhielten sich die beiden während der Fahrt ausführlich über die pneumatischen Probleme des Signore Catuzzi.

Bevor man sich dann an der Talstation verabschiedete, sagte Catuzzi plötzlich: „Wenn ich richtig unterrichtet bin, haben wir in Bozen sogar einen gemeinsamen Freund, unseren Bridgeverbandspräsidenten, di Angelo."

„Richtig", sagte Bernauer verblüfft, „die Welt ist klein, ich hatte aber dieser Tage noch keine Gelegenheit ihn zu treffen."

„Dann würde ich Sie, wenn Sie Ihre Zeit für Samstag Abend noch nicht verplant haben, gerne zu mir nach Hause einladen", schlug Catuzzi vor.

„Ich gebe eine kleine Soiree zu Ehren meiner lieben Freundin aus Salzburg, der Nichte meines Bridgepartners, Graf Siefenthal, Sie haben sie im Hotel ja bereits kennengelernt. Nach einer kurzen musikalischen Einstimmung und Buffet werden wir, wie immer, unserer Leidenschaft für den Bridgesport frönen. Ich habe eine nette kleine Runde vorgesehen, so sechs bis sieben Tische, und würde mich freuen, wenn Sie und die Gnädige Frau uns dabei die Ehre geben würden. Selbstverständlich schicke ich Ihnen meinen Wagen."

Bernauer, der ohne Iris fragen zu müssen wusste, dass sie einverstanden war, sagte verblüfft: „Herzlichen Dank, Signore Catuzzi, wir werden Ihre freundliche Einladung sehr gerne annehmen."

„Sieben Tische", wiederholte Iris als sie zum Hotel zurück-
bummelten, „das sind immerhin achtundzwanzig Personen.
Das nennt er eine nette kleine Bridgerunde?"

„Du sagst es", pflichtete Bernauer bei, „wir wären in Salzburg glücklich, hätten wir an jedem Clubabend so viele
Spieler."

„Dies hier sind offenbar ganz andere Dimensionen", meinte
Iris, „direkt unheimlich."

Bernauer legte den Arm um ihre Schultern: „Entzückende
Salzburger Kleinbürgerin", flachste er.

Am Tag der Einladung wurden sie über die Rezeption verständigt, dass der Wagen Catuzzis vorgefahren sei.

Bernauer sah im mitternachtsblauen Smoking blendend
aus, so auch Iris, die mit ihrem schmalgeschnittenen smaragdgrünen Samtkleid und dem kupferroten Haar dem Ge-
mälde Genio E Visione von da Vinci entstiegen zu sein
schien.

Zur Verwunderung der beiden stand vor dem Hoteleingang
eine weiße Stretch-Limousine und di Angelo war ausgestie-
gen, um sie zu begrüßen.

„Bist Du von der Muffe gepufft", lachte Bernauer, „mit diese
Karre übertreibst Du doch ein wenig."

„Unsinn, die Droschke gehört Catuzzi und dient nur meiner
standesgemäßen Beförderung", stellte di Angelo fest, „so
wie der Euren und derjenigen weiterer illustrer Gäste aus
Bozen. Völlig unpassend natürlich für einen smarten Typen
wie mich, da hast Du völlig Recht."

Er grinste gönnerhaft.

„Dann habe ich offensichtlich smart bis jetzt falsch verstanden", ätzte Bernauer.

Die Villa Catuzzis war der Sommersitz einer vermögenden und vermutlich auch kinderreichen Familie gewesen. Dreigeschossig musste sie der Schätzung nach sicherlich über ungefähr fünfzehn Zimmer verfügen, aber die Orangerie aus Glas war sichtlich nachträglich angebracht worden.
Im gepflegten Garten vor dem Haus standen über den Rasen verteilt weiß bespannte Stehtische, an denen sich bereits mehrere Gäste unterhielten und dabei ein geradezu greifbares Odeur von Luxus und Eleganz ausstrahlten.

Catuzzi kam ihnen zur Begrüßung entgegen und bat sie in die Eingangshalle, für deren Zustandekommen vermutlich alle nicht tragenden Wände entfernt worden waren, sodass der Raum beinahe das gesamte Erdgeschoß einnahm.
Über den Saal hin befanden sich zwanglos Sitzgelegenheiten und auf einem vermutlich behelfsmäßig errichteten Podium in einem der großzügig angelegten Erker standen bereits die Instrumente für das angekündigte Konzert.
Nachdem man Platz genommen hatte, hielt Catuzzi die heitere Laudatio auf Solveig Gundlach, die Nichte Graf Siefenthals, die sich wieder einmal bei einer Spendenaktion auf ihrer Schönheitsfarm in Salzburg, zugunsten des Vereins zur Betreuung elternloser Kinder aus den Krisengebieten Afrikas, überaus verdient gemacht hatte.
„Sie ist", sagte er zum Schluss launig „wie Sie mir alle bestätigen werden, so etwas wie Mutter Theresa mit Sex-Appeal."
Auf ein Konzert Mozarts für Flöte und Harfe, welches Solveig sich gewünscht hatte, folgte noch eines seiner Klavierkonzerte von exakt sieben Minuten und zwanzig Sekunden

Länge, dann begab man sich zum Buffet und da währenddessen die Halle umgeräumt und sieben Bridgetische aufgestellt worden waren, begann man zu spielen.

Bis auf ein weibliches Wesen im dunkelroten Abendkleid
mit Zobelkragen und ebensolchen Manschetten, betrugen
sich alle Spieler ruhig und tolerant. Ein Zustand, der allerdings nicht unbedingt als selbstverständlich zu betrachten
ist, denn bei Bridgeturnieren kommt es häufiger als sonst
irgendwo, zu wahrhaft unheimlichen Begegnungen mit Pa-
ranoikern.

Die Dame mit Zobelverbrämung jedenfalls kritisierte kei-
fend und pausenlos ihren bereits zu Eis erstarrten Partner
des Abends, der aber geradezu heldenhaft ruhig ihre an-
schuldigenden Wahnvorstellungen ertrug.

„Er nimmt sein Los mit Würde hin", flüsterte di Angelo Bernauer zu, „jeder weiß, dass sie jämmerlich spielt, genau wie
beim Poker, daher soll sie auch hoch verschuldet sein, sagt
man" und erklärend fügte er dann noch hinzu:

„Trotz ihrer Unverträglichkeit wird sie überall eingeladen, sie
ist nämlich die Mutter des Polizeipräfekten."

Da Giorgio di Angelo mit dem Hausherrn noch eine Angelegenheit des Bridge-Clubs zu besprechen hatte, waren die
Gäste mit eigenem Wagen bereits aufgebrochen. Auch das
Personal des Cateringunternehmens hatte seine Utensilien
eingepackt und war abgefahren.

Bernauer und Iris tranken währenddessen Kaffee, aber di
Angelo und Catuzzi gesellten sich ohnedies kurz darauf zu
ihnen. Die weiteren vier Gäste nutzten gut gelaunt und nach
Kräften die Wartezeit zur weiteren Aufbesserung des
Champagnergehaltes in ihren Blutbahnen.

„Diese Dekoration aus Orchideen ist einfach zauberhaft", sagte Iris und wies über den Raum hin zum üppigen Blumenschmuck auf den Sideboards. „Ich selbst leiste mir nämlich eine bescheidene Sammlung in Form der preisgünstigeren Phaleanopsis. Wenn man nicht wirklich Fachmann ist, glaube ich, sollte man keine zu teuren Experimente wagen."

„Man darf diese Orchideenart nicht unterschätzen", erklärte Catuzzi bestimmt, „ich selbst habe einige Prachtstücke in meiner Sammlung und manche stellen einen nicht unbeträchtlichen Wert dar."

„Sie sind Sammler?"

„Ja, es ist mein bevorzugtes Hobby."

Er überlegte und meinte dann zögernd: „Vielleicht könnte ich Sie ja sogar für mein Gewächshaus auf das ich so unheimlich stolz bin, interessieren? Es würde mich riesig freuen, Ihnen meine Lieblinge vorstellen zu dürfen und es dauert bestimmt auch gar nicht lange."

„Es wäre mir ein Vergnügen."

Dafür war also das Haus um den gläsernen Anbau erweitert worden.

Da offenbar niemand besondere Eile hatte und widersprach, entführte der stolze Besitzer der Orchideenzucht Iris noch in sein wirklich bemerkenswertes Reich. Bernauer und Giorgio lehnten sich bequem zurück in ihre Fauteuils, um noch ein wenig zu plaudern, wobei sich di Angelo neugierig nach dem Ausgang einer Salzburger Ermittlung zu einem groß angelegten Bilderdiebstahl erkundigte, bei der er seinerzeit selbst einige wichtige Insidertipps beigesteuert hatte.

Iris war von dem Gewächshaus hellauf begeistert.

„Es ist unglaublich", schwärmte sie, „man kann sich nicht vorstellen, wie viele Arten von Orchideen es gibt und Herr Catuzzi erzählt ungemein spannende Geschichten dazu."

Da die Führung mindestens eine halbe Stunde gedauert hatte, argwöhnte Bernauer, dass Iris jeden einzelnen Blumentopf umgedreht und inspiziert hatte.

„Ein herrschaftlicher Besitz", stellte sie fest, als man sich verabschiedete, „Sie sind wirklich zu beneiden."

„Eigentlich schon", erwiderte Catuzzi, „wenn man, wie ich, so viele unersprießliche Winkel der Weltgeschichte gesehen hat, ist man doppelt zufrieden, wenn man eine Heimat fern der Heimat gefunden hat."

Als dann die Stretch-Limousine lautlos in die enge Gasse nach links abbog, warf Iris einen letzten Blick zurück, und sah, dass Catuzzi beinahe andächtig durch sein Gewächshaus ging, zufrieden und allein mit seinen geliebten Orchideen, während Jalousien langsam die Glaswände seines kleinen Paradieses hinunterglitten. Ein wunderbarer Rückzugsort, wenn er Ruhe und inneren Frieden suchte, und Iris beneidete ihn sogar ein wenig.

Die schwarze Trennscheibe hinter dem Chauffeur war und blieb wie bei der Anfahrt geschlossen.

„Ein angenehmer und freundlicher Mensch, dieser Silvio Catuzzi", sagte Iris, „trotz seines offensichtlich beträchtlichen Vermögens, und die Beschreibung seiner Orchideen war für mich ebenso interessant wie anschaulich, um nicht zu sagen liebevoll. Lebt er allein?"

„Ja", sagte di Angelo, „eine Frau soll ihn vor Jahren verlassen haben."

In das darauf eingetretene Schweigen stellte Solveig lakonisch fest: „Völlig untypisch eigentlich, im allgemeinen sind es die Frauen, die sitzengelassen werden."

„Joschi", stellte Iris bei ihrem luftigen Frühstück im Alkoven vor dem Hotel fest „dies ist jetzt der dritte Polizeiwagen, der in der letzten halben Stunde vorüberfährt. Irgendwie hat man das beruhigende Gefühl, es könnte nichts passieren." „Das ist leicht erklärt", gab er zur Antwort „die motorisierte Polstrada kann in Italien so ungeheuer präsent sein, weil sie genügend Personal zur Verfügung hat. Wir in Österreich dagegen kämpfen um jede Planstelle."
Der nächste Funkstreifenwagen hielt jedoch vor dem Hotel und ein Zivilist mit einem uniformierten Beamten im Schlepptau verschwand über die Freitreppe ins Innere des Hauses.
„Offensichtlich hat ein Hotelgast Probleme", mutmaßte Iris.
„Könnte ich Dich vielleicht dazu überreden, anschließend ein wenig bummeln zu gehen?" fragte sie sprunghaft.
„Ich hatte eigentlich noch keine richtige Gelegenheit, die Schuhgeschäfte abzuklappern."
„Gut", schmunzelte Bernauer, „bemühen wir uns also vordringlich um Deine wollüstigen Gehwerkzeuge."
Sie waren bereits vom Tisch aufgestanden, als die beiden Männer aus dem Polizeifahrzeug nun von der Lounge her auf sie zukamen.
„Buongiorno", grüßte der Mann in Zivil und zeigte seine Legitimation, „Criminal Investigation."
„Kriminalpolizei?" fragte Bernauer gedehnt.
„Sie sind Dr. Bernauer aus Salzburg?"

„Ja und dies ist Dr. Iris Adler, ebenfalls aus Salzburg, worum geht es?"

„Nehmen Sie sich bitte einen Moment Zeit", sagte der Kriminalbeamte höflich.

„Selbstverständlich, wenn es notwendig ist."

Bernauer und Iris setzten sich wieder und Bernauer lud die beiden Beamten mit einer Handbewegung ein, ebenfalls Platz zu nehmen.

„Trifft es zu, dass Sie beide gestern die letzten Gäste gewesen sind, die Signore Catuzzis Fest verlassen haben?"

„Das ist grundsätzlich richtig, wir haben die Villa zwar zuletzt verlassen, gingen aber hinter fünf weiteren Personen zur Stretch-Limousine, die uns nach Bozen zurückgebracht hat."

„Das ist bekannt."

„Warum befragen Sie uns dann?"

„Signore Catuzzi wurde heute tot aufgefunden."

„Tot?" fragte Bernauer ungläubig.

„Ja leider, in seiner Orangerie. Ich muss Sie leider ersuchen, sich innerhalb der nächsten Stunden in der Questura zur Protokollaufnahme einzufinden, die Adresse ist Largo Palatucci 1."

„Natürlich, wir werden in Kürze da sein."

„Warum hast Du ihn nicht gefragt, was eigentlich passiert ist?" Iris konnte es nicht begreifen.

„Glaub mir", klärte sie Bernauer auf, „der Mann hat im Moment schon mehr gesagt, als in solchen Fällen üblich ist."

„Waren Sie schon lange mit Signore Catuzzi bekannt?" fragte der Kriminalbeamte Bernauer, der zur Aussage in dessen Büro saß.

„Gerade einige Tage", sagte Bernauer, „Dr. Solveig Gundlach, die ebenfalls im Hotel Laurin logiert, ist zufällig in der Lounge des Hotels mit meiner Begleitung, Dr. Adler, ins Gespräch gekommen. Verabredet war Dr. Gundlach mit Herrn Catuzzi, der dann später eintraf. Ich selbst bin auch erst knapp vor Beginn des Jazzkonzerts dazu gestoßen."

„Haben Sie sich nach dem Programm noch miteinander unterhalten?"

„Ja, allerdings nicht mehr sehr lange. Dr. Adler und ich hatten einen anstrengenden Tag hinter uns."

„Worüber wurde gesprochen?"

„Über das Konzert, unseren Urlaub und vermutlich das Hotel, soweit ich mich erinnere."

„Hat Ihnen Signore Catuzzi vielleicht auch einige Tipps für Ihren Urlaub in Südtirol mitgegeben?"

„Ja, tatsächlich, er war sehr nett, hat uns einen Besuch der Erdpyramiden am Ritten vorgeschlagen sowie ein Weingut in Eppan empfohlen."

„Und Sie haben sich die Adresse notiert?"

„Das war nicht nötig, er hat mir eine kurze Empfehlung auf ein Reklameblatt aus dem Hotel geschrieben."

„Sonst nichts?"

„Sonst nichts."

„Und wann hat er Sie zu seinem Event eingeladen?"

„Das war glaube ich drei Tage später am Ritten. Wir haben ihn zufällig in der Seilbahn auf dem Weg nach unten wieder getroffen."

„Sie haben ihn knapp zuvor oberflächlich kennengelernt und er hat Sie daraufhin schon zu sich in die Villa eingeladen?"

„Nun, Dr. Adler und ich spielen Bridge und wie sich herausstellte, war auch Herr Catuzzi Bridgespieler. Außerdem hatten wir zufällig einen gemeinsamen Bekannten, den Präsidenten des Südtiroler Bridgeverbandes, Mag. Giorgio di Angelo. Das Fest lief letzten Endes auf ein Bridgeturnier in der Villa Catuzzi hinaus und dazu wurden wir eigentlich eingeladen."

„Sie fliegen privat eine Cessna?"

„Ich habe einen Pilotenschein, die Cessna ist gemietet."

„Ein Dädalus unter den Commissari?"

„Vielleicht, obwohl ich Fluggeräte nur miete, nicht baue und außerdem nicht auf der Flucht bin."

Dass dieser Bozener Beamte allerdings so früh am Tag bereits eine derartige Fülle von Erkundigungen eingeholt hatte, war fast unglaublich und langsam kamen auch Bernauer die Ereignisse dieser Woche ziemlich eigentümlich vor.

„Was ist denn nun tatsächlich geschehen?" fragte er.

Foscari schob bedächtig eine Lupe auf seinem Schreitisch zur Seite.

„Er wurde niedergeschlagen und garottiert", sagte er langsam, „mit einem Blumendraht."

Iris Adler stand noch immer unter dem Schock der unglaublichen Nachricht. Der Tod ihres freundlichen großzügigen Gastgebers des vorigen Abends erschütterte und irritierte sie sichtlich, außerdem hatte sie der bürokratische Ton in der Stimme des Beamten und die brütend heiße Luft in seinem Büro unangenehm berührt.

„Nein, Commissario", sagte sie, „ich habe Frau Dr. Gundlach und Herrn Catuzzi vorher noch nie gesehen."

„Wie kam es dann, dass Sie in der Lounge eine Unterhaltung geführt haben?"

„Frau Gundlach hatte einen Tisch für die abendliche Jazzveranstaltung reserviert und ich wählte zufällig den Nebentisch. Irgendwann stieß ich unachtsam meine Zeitschrift vom Tisch und sie hob sie auf, bevor ich selbst es tun konnte. So kamen wir ins Gespräch."

„Und es stellte sich heraus, dass Sie den gleichen Beruf ausüben?"

„Ja."

„Und dies noch dazu in Salzburg."

„Ja."

„Aber Sie kennen natürlich diese Schönheitsfarm in der Nähe Salzburgs, auf der Dr. Gundlach als Chirurgin tätig ist?"

„Nein, ich hatte bis dahin noch nie davon gehört."

„Sie wussten vorher auch nicht, dass die Dame Salzburgerin ist?"

„Ich habe es vermutet, denn der Kellner, den ich zu meinen langjährigen Freunden zähle, hatte von der Reservierung einer Salzburgerin für den Nebentisch gesprochen."

„Sie werden aber sicherlich Dr. Gundlach während des täglichen Ablaufs im Hotel öfter getroffen haben?"

„Nein", Iris schüttelte den Kopf, „absolut nicht."

„Aber sie hat Ihnen ihre Visitenkarte gegeben?"

„Ist das so ungewöhnlich?" fragte Iris misstrauisch.

Commissario Foscari ging nicht darauf ein.

„Bevorzugen Sie und Dr. Bernauer überwiegend eine Privatmaschine für Ihre Urlaubsreisen?"

„Dr. Bernauer hat seinen Pilotenschein erst kürzlich wieder aktiviert und die Cessna ist gemietet. Ich finde diese Art des Reisens natürlich außerordentlich angenehm."

Ihr Ton klang jetzt bereits merklich gereizt.

„Gab es einen bestimmten Grund dafür?"

„Ja, ich hatte Geburtstag."

„Den Pilotenschein wieder in Anspruch zu nehmen?"

„Fliegen war schon früher Dr. Bernauers Hobby, aber leider ist es etwas freizeitintensiv, wieso interessiert Sie das eigentlich?"

„Weil ICH privat nur sehr wenig Gelegenheit für teure private Vergnügungen habe."

Iris und Bernauer hatten es sich zwischen Palmen in Riesentöpfen und anderen wuchernden Grünpflanzen im Schutze weißer Sonnenschirme auf ihrer Dachterrasse gemütlich gemacht und genossen so die Ruhe hoch über der Hektik der Stadt und ihrer gleißenden Hitze.

Beide hatten die Augen geschlossen und sich vorher kräftig an den Drinks aus dem Kühlschrank bedient.

„Diesen Kerl finde ich schon ein wenig merkwürdig", sagte Iris plötzlich.

Bernauer, aus seiner bleiernen Ruhe gerissen, fragte verständnislos: „Welchen Kerl?"

„Na, den Carabiniere auf der Questura mit seinen unsinnigen Fragen. Über die Geschehnisse der letzten Tage habe ich bereitwillig ausgesagt, das ist doch selbstverständlich, das sehe ich auch ein, aber wie und wohin wir verreisen, ist doch bei Gott nicht seine Angelegenheit."

„Iris", sagte Bernauer belustigt, „erstens ist dieser Kerl, der Dich geärgert hat, ebenso wenig ein Carabiniere wie ich ein

Streifenpolizist und zweitens muss der Mann einfach alle Möglichkeiten abklopfen, da gibt es kein Halten mehr vor privaten Dingen. Wir haben zwar vor Zeugen das Grundstück verlassen, als Catuzzi noch lebte, was dann allerdings wieder nicht bedeuten muss, dass wir nicht später zurückgekommen wären oder anderweitig mit seinem Tod zu tun hätten."

„Das heißt also, wir stehen unter Verdacht?"

„Nicht mehr und nicht weniger als die anderen Gäste auch."

„Aber Du bist schließlich Beamter der Mordkommission."

„Was lediglich bedeutet, dass ich viel gewiefter im Begehen und Vertuschen eines Mordes wäre als die üblichen Täter."

„Sieh mich nicht so an", lachte Iris, „jetzt, wo ich weiß, wozu Du fähig bist."

„Beruhige Dich", grinste Bernauer begütigend, „Du hast eine hervorragende Lebensversicherung. Bei meinem zeitintensiven Dienst würde ich eine Dulderin wie Dich selbst in fünf weiteren Leben nicht wieder finden."

Die Diskussion erübrigte sich dann augenblicklich, denn das Handy Bernauers meldete sich.

„Wenn das jetzt ein dienstlicher Anruf ist, kannst Du Dir für den Rest Deines Lebens sofort eine andere Dulderin suchen, ich habe genug gelitten", warf Iris protestierend ein, fuchtelte mit dem Zeigefinger vor seiner Nase herum und beruhigte sich erst, nachdem sie ihr und sein Glas in einem Zug geleert hatte.

„Hallo Giorgio", sagte Bernauer, als er den Gesprächspartner erkannt hatte, und dann: „Ja, das passt gut, Iris wird sich freuen. Wir wollten nämlich heute wieder im Hotel zu Abend essen, da wir bei all den Aufregungen vergessen haben, einen Tisch bei Da Cesare zu bestellen. Ja, wunderbar, um neunzehn Uhr. Sehr gut. Ciao."

„Angelo hat für heute Abend einen Tisch bei Cesare bestellt, ist Dir das recht", fragte Bernauer.

„Und ob mir das recht ist", freute sich Iris, „für ein Steak a la Cesare könnte ich sterben."

Doch dann erstarrte sie förmlich.

„Joschi", flüsterte sie, „am Ende deines Vergnügens steht der Tod, aber es ist nicht der deine."

„Welches Vergnügen?" fragte Bernauer verständnislos.

„Erinnere Dich, die alte Frau mit den Tarot-Karten", antwortete Iris, „Du weißt doch, im Weingarten in Eppan, genau das hat sie zu mir gesagt. Dann habe ich mich blendend bei Catuzzi unterhalten, das Bridgeturnier, die Führung im Orchideenhaus und das alles, kurz darauf war er tot."

„Das ist doch kompletter Unsinn", ärgerte sich Bernauer, der die Angelegenheit schon wieder vergessen hatte. „Sag jetzt nur nicht, Du glaubst diesen Hokuspokus?"

„Grundsätzlich nicht, aber die Voraussagung ist leider exakt eingetroffen, das siehst Du doch."

„Ein Zufall", lächelte Bernauer und legte begütigend die Hände auf ihre Schultern, „ein etwas komischer zwar, da hast Du natürlich recht, aber trotzdem ist es Unsinn, kompletter Unsinn."

Das Steak bei Da Cesare war tatsächlich noch viel größer und saftiger als Iris es in Erinnerung hatte und die zwei Männer sahen zwischendurch neidvoll auf ihre randvolle Platte. Beide hatten Seezunge bestellt, auch sie schmeckte ausgezeichnet, aber trotzdem, schon rein optisch konnte

der Fisch mit dem lüstern animalisch anmutenden Gusto-
stück auf Iris Teller nicht mithalten.

Außer einer traumhaften Location hatte das Ristorante Da
Cesare nämlich auch eine der besten Küchen in Bozen zu
bieten.

Iris sprach immer vom Goldenen Cesare, da die in tiefes
Gelb gehaltenen Wände durch das milde Licht der Wand-
lampen einen Goldton annahmen, der das ganze Lokal besonders kostbar erscheinen ließ und den besten Platz an
der Stirnwand des Raumes nahm wie eh und je das Konter-
fei Marylin Monroes im Stile Andy Warhols ein.

„Euch hat man sicher auch schon vernommen?", kam di
Angelo auf das leidige Thema zu sprechen.

Beide nickten.

„Wie es scheint, waren wir die letzten Gäste, die das Haus
verlassen haben", stellte Bernauer fest, „aber irgendjemand, der dort nicht hingehörte, muss im Haus geblieben
sein. Es war doch noch deutlich zu hören, das Catuzzi die
Haustüre von innen verschlossen hat."

„Außerdem gibt es in der Villa eine Alarmanlage", erklärte di
Angelo.

„Ich habe es gewusst", sagte Iris, die in der Aufregung vergessen hatte, dass sie nicht mehr über die leidige Sache
reden sollte, „eine alte Frau in Eppan hat mir den Todesfall
angekündigt, jemand würde nach einer vergnüglichen Unterhaltung mit mir sterben", sagte sie."

„Oh je", grinste di Angelo, „das war Violetta, die Hexe vom
Dienst und Fixpunkt dieser Region. Sie sieht älter, kränker
und ärmer aus, als sie ist."

Dies war für Iris die absolute Überraschung, denn die alte Frau hatte absolut authentisch gewirkt.

„Wir Italiener sind nun einmal ein ziemlich abergläubisches Volk", sagte er, „nachdem wir in der Kirche zu Gott gebetet haben, überkreuzen wir sofort zwei Finger der rechten Hand, wenn eine schwarze Katze von links nach rechts über den Weg läuft und unsere Mütter, die zu jeder Gelegenheit den passenden Rosenkranz kennen, behaupten zwischen den einzelnen Anrufungen, die rothaarige Nachbarin hätte die Männer der Umgebung verhext. Daher lebt auch Violetta ganz ausgezeichnet vom Ansturm der Ratsuchenden, die sich als Touristen ganz offen und ohne Scheu bei ihr einfinden. Das tun aber auch die Einheimischen, allerdings nur, wenn es niemand sieht."

Iris blickte ihn misstrauisch an, aber Bernauer nickte zufrieden.

„Und übrigens", fügte Giorgio hinzu und legte besänftigend seine Hand auf die ihre, „hat die ganze Sache mit Dir nicht im mindesten zu tun. Catuzzi wurde niedergeschlagen und erdrosselt, unabhängig von jeder Unterhaltung mit Dir.

Weder die Haushälterin, noch der Sekretär, die beide im hinteren Teil des Hauses neben der Orangerie wohnen, haben ein verdächtiges Geräusch gehört oder jemanden gesehen. Der Sekretär war es dann auch, der den Toten gefunden hat", setzte er noch nachdenklich hinzu.

„Wir wissen lediglich, wie er umgekommen ist", stellte Bernauer fest, „vermutlich hat man nur Dich umfangreich eingeweiht."

„Weit daneben", meinte di Angelo belustigt, „ich habe einfach nur meine eigenen Quellen, die ich anzapfe. Das Who is Who von Bozen zelebriert sich in Golf und ist im Reitstall vertreten. Die Intellektuellen darunter spielen zusätzlich Bridge und ich vertrete jede dieser Disziplinen maßgeblich."

Sich in diesen Filz weiter zu vertiefen, wusste Bernauer, war eine mühevolle Geschichte. Geschäft blieb Geschäft und damit stets unter sich.

„War Catuzzi eigentlich Privatier oder ist er auch noch einem Gelderwerb nachgegangen?" kam Bernauer wieder auf das vorige Thema zurück.

„Augenscheinlich lebte er von seinem Vermögen", antwortete di Angelo, „aber ich glaube, dass er gelegentlich Auslandsgeschäfte getätigt hat. Zumindest hatte ich das Gefühl, es ginge um Geschäfte, wenn er manchmal angerufen wurde. Dabei hat er meiner Meinung nach zuweilen portugiesisch gesprochen, einmal auch russisch."

„Das ist mehr als beachtlich, denn englisch wird er ja zusätzlich in seinem Repertoire gehabt haben", vermutete Iris.

„Nicht zu vergessen spanisch. Catuzzi war sechssprachig."

„Und hat er sich unter diesen Umständen auch als Besserwisser beim Bridge aufgespielt?" fragte Iris neugierig.

„Nein, überhaupt nicht. Der Mann war absolut verträglich, lebte mit seinen Marotten in Bezug auf Autos und Orchideen allein und völlig unauffällig auf seinem Berg. Wäre er nicht Bridgespieler gewesen, hätte man ihn kaum zu Gesicht bekommen."

„Es ist mir aber unklar, wie er uns beide in Verbindung miteinander gebracht hat, er konnte doch nicht wissen, dass ich Bridgespieler bin", folgerte Bernauer.

„Darüber wollte ich eigentlich mit Dir reden", sagte di Angelo, „ich weiß zwar nicht, ob es überhaupt von Bedeutung ist, aber unter den gegebenen Umständen", er hob zweifelnd die Arme.

„Catuzzi hat mich vor einiger Zeit so en passant gefragt, ob ich ihm in Salzburg einen Bridgeclub empfehlen könnte, dorthin würde er nämlich demnächst geschäftlich unterwegs sein. Ich habe ihm erklärt, dass ich selbst gelegentlich in einem privaten Club spielen würde. Falls notwendig, habe ich ihm angeboten, könnte er sich natürlich auf mich berufen und als Kontaktpersonen habe ich ihm dann von Haugsdorf und Dich angegeben. Wäre es möglich, dass er lediglich mit Dir Fühlung nehmen wollte? Grund dafür sehe ich allerdings keinen."

„Möglich wäre es natürlich, aber ich hätte ebenfalls keinerlei Erklärung dazu."
„Die Polizei hat da einiges herauszufinden."
Daran zweifelte Bernauer jetzt nicht mehr.
„Mit Sicherheit nicht nur einiges", stellte er fest, „denn die Herren haben uns am frühen Vormittag schon mit Kenntnissen überrascht, die sie in der kurzen Zeit zwischen Auffindung der Leiche und dem Kontakt mit uns kaum erhoben haben konnten. Dieses Tempo scheint mir sogar im besten Fall ziemlich unglaublich."
„Irgendwie dürftest Du in die Sache verwickelt worden sein, ohne dass Du es bemerkt hast, aber man wird Dich sicherlich nicht daran hindern, zu gegebener Zeit abzureisen."
„Davon war keine Rede, allerdings interessierte sich der Commissario meiner Meinung nach zu auffällig für den Grund der überraschenden Einladung in die Villa Catuzzi."
„Offensichtlich sucht man jetzt im Vorfeld nach einem Zusammenhang mit Dir."
Bernauer zuckte grinsend die Schultern.

„Wenn man ihn gefunden hat, würde ich ihn besonders gerne erfahren."

Zwei Tage später, Iris und Bernauer waren eben von einem Stadtbummel aus Trient zurückgekehrt und hatten sich ruhebedürftig auf die Dachterrasse zurückgezogen, begann das Haustelefon zu klingeln.
Seufzend begab sich Bernauer über die bemerkenswert steile Treppe wieder in ihre Suite hinunter, um, wie er annahm, vom Zimmerservice eine banale Nachricht vermittelt zu bekommen.
Der Anruf kam jedoch von der Rezeption, die ihm mitteilte, dass ihn zwei Herren der Polizei in der Lounge des Hotels erwarten würden.

„Verzeihen Sie, dass wir Sie bemühen mussten, aber es ist dringend", erklärte der Bernauer bereits bekannte Kriminalbeamte höflich.
Hier schien sich in der Umgangsweise einiges geändert zu haben. Die Erklärung kam auch sofort.
Der Bozener Bürgermeister habe sich in der leidigen Sache erkundigt und hoffe, dass sich Bernauer durch die notwendigen Belästigungen in seinem Urlaubsvergnügen nicht allzu sehr gestört fühlen möge.
Außerdem hätte Mag. di Angelo seine Angaben um ein weiteres aussagekräftiges Detail ergänzt. Silvio Catuzzi dürfte möglicherweise bereits vor Wochen versucht haben, über di Angelo in Verbindung mit Bernauer zu kommen, indem er eine Empfehlung für denjenigen Bridge-Club in Salzburg erbat, den di Angelo während seiner Reisen dort aufzusu-

chen pflegte. Dabei sei dann der Name Dr. Bernauers als Kontaktperson gefallen.

„Ihre Urlaubsreise nach Bozen hat ihm diese Sache natürlich wesentlich erleichtert", meinte Foscari, „jetzt musste er Sie nur noch persönlich kennen lernen und dazu war das Jazzkonzert im Hotel die unverfänglichste Gelegenheit." Daraus ergebe sich allerdings, folgerte der Commissario, dass im Sinne einer besseren, beziehungsweise schnelleren Erledigung der Angelegenheit eine überregionale Zusammenarbeit zwischen österreichischen und italienischen Kollegen unbedingt notwendig sei.

Joschi Bernauer lehnte sich in den Fauteuil zurück und resignierte. Seine friedlichen Urlaubstage mit Iris durften bereits gezählt sein.

„Es muss einfach eine Verbindung zu Salzburg geben", sagte Foscari beschwörend.

Bereits das Ergebnis der Obduktion schien dann gelinde gesagt, ungewöhnlich.

Catuzzi war von hinten mit einem Blumendraht erwürgt worden, sofern es sich bei dem Toten überhaupt um diejenige Person handelte, für die er sich ausgab. Der Mann hatte sich vor Jahren einer verändernden Gesichtsoperation unterzogen und auch seine Fingerkuppen waren irgendwie operabel behandelt worden.

Besonders auffällig war jedoch ein glatter kurzer Schnitt in der Handfläche zwischen Daumen und Zeigefinger.

„Unter diesen Umständen könnte ich ihn möglicherweise schon von früher her gekannt haben", überlegte Bernauer, „aber Haltung und Stimme waren mir völlig unbekannt. Was könnte er also von mir gewollt haben?"

„Die Silhouette ist im Allgemeinen untrüglich", stellte der Italiener fest „aber vielleicht kamen Sie einfach nur durch ein die Dezernate übergreifendes Verfahren mit ins Spiel und hatten daher noch nie direkten Kontakt mit diesem Mann."

Bernauer grinste. „Aber Catuzzi ist hier nicht der Mörder sondern das Opfer und ich bin ziemlich sicher, dass ich zurzeit in Salzburg keinen Fall bearbeite, bei dem mich ein Täter zwecks seiner millionenschweren Geschäfte zu bestechen versuchen sollte, insbesondere durch die Ermöglichung von Privatflügen."

Foscari starrte unangenehm berührt in seinen Kaffee und überhörte geflissentlich die Andeutung seines Verdachtes auf Bernauers Bestechlichkeit.

„Könnte es sein, dass es eine dritte Person in Salzburg gibt, die zwar nicht wegen Mordes gesucht wird, sondern nur in einem gewissen Zusammenhang zu einem Gewaltverbrechen steht, so dass Sie dann beigezogen wurden? Vielleicht über einen Mörder im Hintergrund, der jetzt auch Catuzzi umgebracht hat", überlegte er.

Dies wäre allerdings eine Möglichkeit, räumte Bernauer ein und kam dann zu einem logischen Schluss.

„Dann wäre natürlich der Rahmen auf einige während kürzerer Zeit in Salzburg laufende Verfahren beschränkt. Und während Sie sich hier vermutlich den ersten Erhebungen zur Identität Catuzzis widmen werden, könnte ich mit der Durchforstung meines Computers beginnen", erklärte er sich nolens volens im Hinblick auf die Reaktion von Iris zur Zusammenarbeit bereit.

„Iris", sagte Bernauer vorsichtig, als sie ihm kurz darauf ausgehfertig in die Lounge entgegenkam „mir ist bei meinem Gespräch mit der italienischen Polizei leider klar geworden, dass bezugnehmend auf unsere Reise im Privatflugzeug immerhin motivierte Bedenken bestehen könnten, dass hier zumindest der Versuch einer Bestechung stattgefunden hätte."

„Na also", trumpfte Iris auf, „das habe ich doch sofort gesagt, erinnerst Du Dich?"

„Natürlich erinnere ich mich", bestätigte er, „ich habe zwar bei der Polizei sofort die Dinge klargestellt, aber jetzt haben sich zusätzlich weiter verzweigte Aktivitäten gezeigt und ich spreche dabei nicht nur von Salzburg."

„Mafia?"

„Möglich."

„Oder Spionage?"

„Absolut möglich."

„Also Spionage", stellte sie fest „und damit auch Bestechung. Wird man Dich um Mitarbeit ersuchen?"

„Könnte sein, aber ich bin leider nicht James Bond und werde dadurch weder berühmt noch besser bezahlt", lachte er, „und außerdem möchte ich während unseres ohnehin spärlichen Urlaubs nicht auch noch zum täglichen Ermittlungstrott gezwungen werden."

Iris nickte zerstreut.

„Joschi", fragte sie kurz darauf so nebenbei und sah sich unauffällig in der Hotelhalle um, „hattest Du je mit Spionage zu tun?"

„Eigentlich nicht, ist auch nicht mein Genre", gab er sich uninteressiert.

„Also ich denke", sagte sie, „da Du sogar schon verdächtigt wurdest, wäre es doch Dein gutes Recht, informiert zu werden."

„Dann wäre es aber unvermeidlich, dass ich in den Fall mit einbezogen werde", gab er schulterzuckend zu bedenken.

Auf diese eher zögerliche Feststellung sagte sie plötzlich beschwörend:

„Außerdem bin ich die einzige, die tatsächlich weiß, worüber zuletzt im Orchideenhaus gesprochen wurde. Vielleicht habe ich auch noch nicht alles gesagt?"

„Diese Erwähnung solltest Du vor der Polizei und auch privat besser nicht machen", antwortete Bernauer ernst.

Iris nickte enttäuscht, betrachtete aber, da war er sicher, gelegentlich eine Person in ihrem Umkreis mit besonders scharfem Interesse und in der Via Portici, vor der Auslage eines elegantes Schuhgeschäfts, kam es dann zehn Minuten später unausweichlich zum Showdown.

„Du willst also wirklich nicht wissen, welche Rolle Du in einer Spionageaffäre spielst?" fragte Iris.

„Ist Dir eigentlich klar, dass ich dann die halbe Nacht meinen Computer durchforsten müsste, um meine eventuell in Frage kommenden Fälle aus Salzburg zu überprüfen?"

„Ich weiß", sagte sie.

„Gut, ich werde meine Hilfe anbieten."

„Man hätte Dich längst darum ersuchen müssen."

Bernauer hatte dann tatsächlich bis über Mitternacht hinaus an seinem Computer gearbeitet und so war man nach einem späten Frühstück übereingekommen, sich nach einem Spaziergang durch den hoteleigenen Park auf der Terrasse der Suite eine etwas längere Siesta zu gönnen. Kurz nach Mittag wurde sie jedoch durch den Anruf des Kriminalbeamten Foscari bereits wieder unterbrochen. Er hatte Bernauer gebeten, ihn in der Questura aufzusuchen.

Dort geleitete ihn jetzt der diensthabende Carabiniere durch das Gebäude nach oben, wo die Hitze des Mittags beinahe unerträglich war.
Auch wenn man den Italienern gelegentlich Betulichkeit im Einsatz oder Geheimniskrämerei nachsagte, das Arbeitstempo der Mordkommission in Bozen war bewunderungswürdig.
Recherchen in Rom hatten ergeben, dass ein Silvio Catuzzi, dessen Daten mit denen des am Ritten Ermordeten exakt übereinstimmten, bereits vor fünfzehn Jahren in der kleinen Ortschaft Fiumicino nahe Rom verstorben und begraben war.

Dr. Solveig Gundlach hatte daraufhin zu Protokoll gegeben, die Bekanntschaft Silvio Catuzzis über ihren Onkel, Graf Siefenthal aus Bozen, bei privaten Bridgeturnieren gemacht zu haben. Dabei wäre sie auch mit dem Kinderhilfswerk für Afrika näher in Berührung gekommen.
Dafür habe sie sich auch gerne eingesetzt, und da die meist ziemlich betuchte Klientel ihrer Schönheitsfarm, die sich zum größten Teil lediglich zur kosmetischen Behandlung einfand, ihrer Meinung nach geradezu die Pflicht hatte, wenigstens durch Brosamen ihres Vermögens die Ärmsten der Armen zu unterstützen, hatte sie sich in Form von Charity-Veranstaltungen kräftig für die gute Sache verwendet. Sie könne auch nicht ohne Stolz sagen, betonte sie, dass es ihr

immer wieder gelungen sei, namhafte Beträge für die Organisation aufzutreiben.

Auf die Frage, ob Catuzzi ebenfalls zeitweise Gast ihrer Klinik in Salzburg gewesen sei, hatte sie nachsichtig geantwortet:

„Das nicht, aber glauben Sie wirklich, dass ich gewisse Mogeleien zum Verbergen unvermeidlicher Abnützungserscheinungen nicht erkannt hätte? Auch die beste chirurgische Leistung hinterlässt strukturbedingte Erkennungszeichen, wenn auch für Laien kaum erkennbar."

„Und wer hat diese Eingriffe bei Catuzzi durchgeführt, Sie werden doch sicher darüber gesprochen haben?"

„Keine Ahnung. Ich hätte derartiges nie und nimmer erwähnt", hatte sie indigniert geantwortet, „nur die Polizei unterliegt der Verpflichtung zur Wahrheitsfindung, ein Arzt der zur Diskretion."

„Also bleibt lediglich noch der Versuch, den Toten über das Zahnbild zu identifizieren", sagte Foscari missmutig, „aber dieses Feld ist weit."

„Was ist mit seinem Einkommen, wovon hat er gelebt?" warf Bernauer ein.

„Er hatte regelmäßige Bezüge aus der Schweiz, die er aber ordnungsgemäß versteuerte. Wo sie herkamen, gab es vermutlich noch eine Menge mehr Geld und Besitz, aber das sind auch nur Mutmaßungen. Zusätzlich war er an einem Handel mit zahnmedizinischen Instrumenten beteiligt, bisher alles völlig legal."

„Ich habe gestern Nacht noch meine laufenden Fälle der letzten Zeit durchforstet" sagte Bernauer „und diejenigen ausgewählt, deren Kompatibilität mit der Ermordung Catuzzis nicht unbedingt ausgeschlossen wäre. Nach der Erwähnung des zahnärztlichen Instrumentenhandels allerdings könnte das Schwergewicht auf den kürzlich verübten Mord an einem Justizbeamten in einer Salzburger Zahnarztpraxis fallen."

„Mord durch einen Zahnarzt?"

„Scheint nicht so. Die Praxis war zu dieser Zeit nämlich geschlossen und der Eigentümer als auch seine Sprechstundenhilfe befanden sich nachweislich in Südtirol beziehungsweise Deutschland auf Urlaub.

Vielmehr war es so, dass der Untersuchungshäftling Dr. Carl Kausch-Palmer, der von zwei Justizbeamten in die Zahnarztpraxis gebracht wurde, geflohen ist, möglicherweise auch entführt wurde. Dass die Ordination geschlossen war, konnten die Beamten erst nicht erkennen, da sich eine vermeintliche Vorzimmerkraft am Empfang aufhielt. Während der jüngere zigarettenrauchend am Gang stand, wurde der andere in der Ordination umgebracht. Die Frau im weißen Mantel war und blieb verschwunden, ebenso der Delinquent, und ob ein Arzt oder eine Person, die ihn vortäuschen sollte, überhaupt vorhanden war, ist ebenfalls noch ungewiss.

Gegen den Häftling besteht der dringende Verdacht, finanzrechtlich strafbare Handlungen auch im Zusammenhang mit illegalem Diamantenhandel aus Angola begangen zu haben."

„Wie kam es denn dann zu einer Terminvereinbarung für diesen Kausch-Palmer in der Zahnarztpraxis?" fragte Foscari interessiert.

„Das", antwortete Bernauer, „konnte ebenfalls nicht geklärt werden."

Foscari wiegte überlegend den Kopf.

„Denkbar für mich wäre, dass eine Person aus der Verwaltung der Haftanstalt an der Chose beteiligt ist, aber dies herauszufinden, ist vermutlich auch in Österreich schwierig."

Bernauer lächelte, nickte und schwieg.

„Was ist eigentlich mit dem Chauffeur Catuzzis, der uns und einige andere Gäste mit der Stretch-Limousine befördert hat?" fragte er dann.

„Er war nicht Catuzzis Chauffeur, er hat immer nur die Stretch-Limousine gefahren, wenn er gerufen wurde. Der Mann wohnt knappe fünf Minuten von der Villa Catuzzis entfernt und arbeitet hauptberuflich bei der Bahn. Er hat, nachdem er Sie und die anderen nach Bozen zurückgebracht hat, den Wagen in die Garage gefahren und ist zu Fuß nach Hause gegangen. Da war jedoch die Villa bereits vollkommen dunkel, sagte er."

„Dann war Catuzzi vermutlich schon tot", überlegte Bernauer, „denn Dr. Adler hat, als wir weggefahren sind, noch gesehen, dass er in das erleuchtete Orchideenhaus zurückgekehrt ist und dort wurde er ja auch am nächsten Morgen von seinem Sekretär gefunden."

„So ist es, der Mörder hatte also genügend Zeit, um ungesehen zu verschwinden."

Am Tag nach diesem Gespräch, um ein Uhr früh, ging beim Wachtposten in Klobenstein am anderen Ende des Rittner Hochplateaus der Anruf einer Nachbarin ein, es würde jemand mit einer Taschenlampe durch die Villa Catuzzi schleichen.

Als der Wagen der Polizia vor der Villa in Maria Himmelfahrt eintraf, schien das Gebäude aber völlig im Dunkeln zu liegen.

Der Sekretär, den man aus dem Schlaf geklingelt hatte, warf seinen Morgenmantel über und führte die Beamten durch das Haus. Angetroffen wurde zwar niemand mehr, aber die Spuren unbefugter Tätigkeiten fanden sich überall. Seltsamerweise wurden keine Laden geöffnet oder, wie sonst üblich, nach Werten gesucht. An einigen Stellen waren lediglich Holzpaneele von den Wänden gezwängt und Bohlen des Fußbodens herausgerissen worden. Auch Einbaukästen wiesen Beschädigungen auf.

„Das Ganze kann doch nicht lautlos vor sich gegangen sein, da müssten Sie doch aufmerksam geworden sein", sagte einer der beiden Beamten zum Sekretär.

„Die Haushälterin und ich wohnen in einem später angebauten Trakt für die Dienstboten, also hinter einer ehemaligen Außenwand, daher dringt auch kaum ein Geräusch vom Haupthaus hinüber. Außerdem habe ich bereits geschlafen und Frau Bürger, die Haushälterin, nimmt jeden Abend eine Schlaftablette. Es wird daher auch sinnlos sein, sie jetzt wecken zu wollen."

„Gibt es einen Tresor in einem der Zimmer?"

„Ja", sagte der Sekretär, „im Arbeitszimmer Herrn Catuzzis."

„Können Sie ihn öffnen?"

„Er ist bereits offen, die Polizei hat ihn am Tag nach dem Tod des Chefs unter Aufsicht eines Notars öffnen lassen."

„Dann war für den Einbrecher die Suche ja völlig sinnlos?"

„Das kann aber nicht sein", überlegte der Mann, „denn den offenen Tresor muss er sofort gesehen haben, als er den Raum betrat und dann auch noch den Läufer hochgeschlagen hat, der direkt vor dem Safe in der Wand liegt. Trotzdem hat er weitergemacht."

„Vielleicht war das Arbeitszimmer auch erst der letzte Raum in den er gekommen ist."

Der Sekretär lächelte fein und stellte dann fest:

„Wenn Sie sich umsehen", meinte er, „handelt es sich hier um die einzige baulich abgeschlossene Räumlichkeit auf der Ebene der Eingangshalle. Die sollte er sich für zuletzt aufgehoben und dann auch noch vor dem offenen Tresor den Teppich hochgezogen haben, wozu?"

„Könnte er nicht in eine obere Etage eingestiegen und später im Dunkeln über den Teppich gestolpert sein?"

„Mit Sicherheit nicht, er kam durch die Eingangstür."

„Woher wollen Sie das wissen?"

„Die Alarmanlage umfasst den gesamten Altbau dieses Hauses, endet also an der Zwischentür der ehemaligen Außenmauer, von der ich gesprochen habe.

Als wir vorhin aus meiner Wohnung durch die Verbindungstür in diesen Trakt kamen, hätte der Alarm ausgelöst werden müssen, denn ich war im ersten Moment durch das Erscheinen der Polizei mitten in der Nacht leider etwas unkonzentriert. Sie konnten sich also selbst davon überzeugen, es blieb alles still. Jemand muss also die Anlage ausgeschaltet haben."

„Kann es sein, dass Sie vorher vergessen hatten, sie zu aktivieren?"

„Keinesfalls, die Haushälterin und ich waren gegen Abend im Arbeitszimmer damit beschäftigt, die Bridgeutensilien

Herrn Catuzzis einzupacken, die ich mit Genehmigung des Notars unserem Bridge-Club in Bozen zukommen lassen sollte. Wir haben das Haupthaus später durch die Verbindungstür zu unserem Trakt verlassen und dann den Alarm aktiviert. Es gibt für diesen Zweck auf unserer Seite des Hauses eine Möglichkeit."

„Und Sie sind sicher, dass Sie es nicht übersehen haben?"

„Vollkommen sicher, Frau Bürger hat mir sogar die beiden Schachteln abgenommen, damit ich die Hände frei bekam, um den Alarm einzuschalten."

„Dann brauchen wir Sie und die Haushälterin morgen für die Protokollaufnahme am Wachtposten."

„Würde zehn Uhr genügen?"

„Absolut."

Die Identifizierung des Mannes, der sich Catuzzi nannte, wurde jetzt landesweit über sein Zahnbild angestrebt, zeigte aber vorerst keinen Erfolg. Eigentlich schien es verwunderlich, da die sichtlich teure Behandlung so erstklassig durchgeführt worden war, dass eine Vielzahl von Zahnärzten dafür von vornherein ausschied.

„Was wäre denn, wenn Du den Zahnarzt aus Salzburg, der hier ein Weingut besitzen soll, ausfindig machen würdest? Vielleicht ist er sogar anwesend und könnte Dir fachliche Tipps geben? Wäre auch nicht so weit weg von Bozen", schlug Iris vor, „ist er nicht da, haben wir einen netten Ausflug gemacht."

Bernauer hielt zwar nicht allzu viel von der Idee, aber er rief dann doch die Sprechstundenhilfe Zillners an und bekam die Auskunft, Dr. Zillner würde sich zurzeit tatsächlich geschäftlich in Kaltern aufhalten, die Adresse könne sie ihm natürlich geben.

Selbst, wenn er bei Zillner keinen Erfolg hatte, warum sollten sie sich nicht einen Ausflug nach Kaltern gönnen, Iris würde sich freuen und sie hätten beide einen weiteren schönen Tag verbracht. Ein Zahnbild Catuzzis hatte sich Bernauer von Foscari geben lassen und vielleicht konnte ihm Dr. Zillner auch privat irgendeinen Hinweis geben.

Das Weingut des Zahnarztes in Kaltern war sichtlich über mehrere Generationen gewachsen und übertraf die Anlage in Eppan, die sie auf Empfehlung Catuzzis besucht hatten, an Kapazität und Ausdehnung um Längen.

Hinter einem kleinen Teich erstreckten sich links und rechts vom Weg je eine mit Reben überwachsene Pergola, die direkt zu einem schmucklosen zweigeschossigen Haus aus Stein führten. Im Schatten neben der geöffneten, aus grobem dunklen Holz gefertigten Tür schlief ein Schäferhund von beachtlicher Größe, dessen langhaariges graues Fell der Würde seines Alters unverkennbar angemessen war.

„Buongiorno", rief Bernauer laut, als sie vorsichtshalber in einiger Entfernung zu dem fremden Hund stehen geblieben waren.

Daraufhin öffnete sich langsam das rechte Auge des Tieres zu einem schmalen Spalt, aber nachdem es vermutlich beschlossen hatte, seine Siesta nicht zu unterbrechen, senkte sich das Lid wieder in der bereits demonstrierten zögerlichen Trägheit.

Jetzt zeigte sich Leben im Inneren des Hauses. Die hölzernen Lamellenläden eines Fensters im ersten Stock wurden geöffnet und eine streng aussehende Frau musterte abwägend die beiden Fremden.

„Buongiorno", wiederholte Bernauer, „ich bin Major Bernauer aus Salzburg. Ist es möglich, Dr. Zillner zu sprechen?"

„Sie können inzwischen Platz nehmen", sagte sie nach kurzem Überlegen gönnerhaft und wies auf eine Holzbank an der Hausfront. Dann fügte sie streng hinzu: „Jacko, sitz!"

Dies war aber offensichtlich nur als Demonstration ihrer Macht über das Haus und die schlummernde Bestie davor gedacht.

Einige Minuten später trat Dr. Zillner vor die Tür und begrüßte höflich die unerwarteten Besucher.

„Kommen Sie bitte herein", sagte er, „ich freue mich, Sie hier bei mir zu sehen.",

Und dass Bernauer in privater Begleitung war, nahm der Situation auch ein wenig das unangenehme Gefühl einer behördlichen Tätigkeit.

„Zufällig sind Frau Dr. Adler und ich in Bozen auf Urlaub und nützen daher auch die Gelegenheit, die schönen Weingegenden etwas näher kennen zu lernen. Ganz uneigennützig störe ich Sie allerdings nicht, denn ich bräuchte Ihren fachärztlichen Rat."

„Schmerzen?"

„Nein, es ginge nur um die Beurteilung eines Röntgenbildes."

„Aber gerne, also herein in die gute Stube."

Das Haus war ganz offensichtlich in dem Zustand belassen worden, wie er dem Zweck seiner Erbauer entsprochen hatte.

Die Steinwände des vermutlich größten Raumes waren lediglich weiß gekalkt worden und der offene Kamin hatte keinerlei Modernisierung erfahren. Der schwere hölzerne Tisch, naturbelassen mit all den Spuren seiner Verwendung durch Generationen hin, wurde von einer Ecktruhenbank und einigen klobigen Sesseln gesäumt. Eine Ausnahme bildete der schwere dunkle Armadio an der Türwand, denn seine Beschläge mussten ausgewechselt oder wenigstens frisch aufgebürstet worden sein.

Nachdem sie an dem gemütlichen Tisch Platz genommen hatten entschuldigte sich Dr. Zillner und verließ kurz den Raum.

Zurück kam er dann mit einem Körbchen, in dem zwei Weinflaschen ruhten, und die Frau von vorhin schob ein Holzbrett auf den Tisch, das mit Käse, Brot, Butter und Nüssen belegt war.

„Ein guter Schluck zur rechten Zeit, macht Herz und Seele froh und weit", lachte Zillner.

Das kam zwar absolut überraschend für Bernauer, aber schließlich war er privat hierher gefahren und außerdem wurde gegen den Mann nicht ermittelt.

Vielleicht, hoffte Bernauer, kam bei einer lockeren Unterhaltung sogar eine Nebensächlichkeit ans Tageslicht, die unwichtig erschienen oder über die einfach nicht gesprochen worden war, die aber letzten Endes wichtig sein konnte, möglicherweise sogar im Zusammenhang mit dem Röntgenbild.

Als sich dann einige Probiergläser zu allem andern auf den Tisch gesellten, legte Bernauer schmunzelnd Protest ein.

„Ich würde liebend gerne jeden ihrer sicherlich vorzüglichen Weine verkosten, bitte aber doch lieber um ein Glas Wasser", sagte er, „wir sind nämlich aus Bozen mit dem Auto gekommen, noch dazu in einem Mietwagen."

„Einem Mietwagen?"

„Ja", mischte sich Iris ein, „wir sind diesmal privat mit einer Cessna angereist."

„Einer Maschine unseres Clubs", berichtigte Bernauer.

„Also haben Sie den Wagen am Flugplatz bei Hertz gemietet", stellte Zillner fest.

„Ja."

„Dann stürzen Sie sich entspannt auf alle meine Sorten, Dr. Bernauer, ich lasse Sie durch einen Angestellten von Hertz ins Hotel zurückbringen, samt dem Wagen."

Der angebotene Wein war sicherlich das Beste aus Zillners Keller, aber Bernauer verzichtete trotzdem darauf, ihn zu probieren.

Zwischendurch kam dann die Frau, die offensichtlich eine Angestellte war, an den Tisch und sah nach dem Rechten.

„Ich weiß nicht, ob Sie mir da antworten können oder dürfen", sagte plötzlich der Zahnarzt, „aber wird nach Ihrem Dafürhalten die Schweinerei in meiner Praxis je aufgeklärt werden? Andernfalls könnte nämlich der Ruf meiner Praxis ziemlichen Schaden nehmen."

„Aufgeklärt?, fragte Bernauer, „da bin ich ganz sicher. Ein Beamter wurde getötet. In solchen und ähnlichen Fällen wurden schon Organisationen zerschlagen. Wir ermitteln mit dem gesamten Personal, bis der Täter gefasst ist, und dies ohne Ansehen der Person."

„Ich habe mir nämlich selbst eine Art Zwangsurlaub verordnet", sagte Zillner, „denn nach einem Monat, hoffe ich, wird die Sache nicht mehr ganz so präsent sein."

Dann fügte er etwas kümmerlich hinzu: „Wer will denn schon mit offenem Mund auf einem Zahnarztstuhl sitzen, in dem ein Mann ermordet wurde. Bei der unglaublichen Phantasie der Allgemeinheit, womöglich sogar vom Zahnarzt."

„Klingt ziemlich untypisch", meinte Iris grinsend, „der Mord mit einem Skalpell würde besser zu einem Chirurgen passen."

Dr. Zillner nickte amüsiert.

„Ja", bestätigte er, „so haben wir alle unsere überschaubaren Zugehörigkeiten."

„Na, dann an die Arbeit", sagte Zillner, „zeigen Sie mir das Röntgenbild."

Er hielt die Aufnahme gegen das Fenster, begutachtete es gründlich und meinte dann:

„Hoffentlich nicht das Ihre."

„Nein, das Gebiss eines Bekannten."

„Anständige Arbeit", sagte Zillner, „gebrochener Kiefer, gut verheilt, Prothese solide gesetzt. War es ein Unfall?"

„Ja", Bernauer zögerte. „Sieht man denn so etwas?"

„Diese Art von Verletzung entsteht nur durch Gewalteinwirkung. Hat der Mann Beschwerden?"

„Nein, jetzt nicht mehr", sagte Bernauer, „aber es bestehen Zweifel, ob nicht andere Probleme mit der Sache verbunden sein könnten."

„Also fachliche keinesfalls, nicht bei dieser Arbeit, so weit ich sehen kann."

„Also das Werk eines Spezialisten?"

„Nicht unbedingt, aber zumindest das eines ziemlich tüchtigen Arztes."

Tüchtige Ärzte gab es sicherlich viele, doch ohne Spezifizierung wurde der Kreis der in Frage kommenden Ärzte nicht sonderlich eingeschränkt.

Der Schäferhund war inzwischen in den kühleren Raum hereingeschlurft, die Frau hatte seine Schüssel mit frischem Wasser gefüllt und war dann wieder verschwunden.

„Ich weiß nicht, dieses Gesicht", sagte Iris plötzlich an Dr. Zillner gewandt."

„Meine Mitarbeiterin?" fragte er.

Iris nickte.

„Leicht möglich, Sie könnten ihre Schwester getroffen haben. Immerhin ist die Gute in der Gegend um Eppan eine richtige kleine Berühmtheit."

„Die Wahrsagerin?" fragte Iris.

„Genau die."

„Aber sie kommt doch aus den Abruzzen und ist anhanglos, habe ich gehört. Der Winzer soll sie auch aus diesem Grund nicht alleine zurückgelassen haben, als er hier das Weingut übernommen hat."

„Das stimmt schon, so weit es um die Abruzzen geht, denn die ältere Schwester Julia, meine rechte Hand, hat bereits in jungen Jahren auf diesen Weingarten her geheiratet. Ihr Mann ist da schon Verwalter gewesen, bevor ich das Gut gekauft habe, und war der Neffe des seinerzeitigen Sägewerksbesitzers in den Abruzzen, bei dem die Mädchen aufgewachsen sind.

Er hat dann auch für mich hier die Geschäfte weitergeführt, ist aber vor einigen Jahren gestorben. Seitdem verwaltet Julia den Betrieb.

Der Sohn des Sägewerkbesitzers hat das elterliche Unternehmen in den Abruzzen später verkauft und Violetta mitgenommen, als er in den Südtiroler Weinbau eingestiegen ist."

„Warum hat er denn das Sägewerk veräußert und einen Weinberg gekauft?" fragte Bernauer erstaunt.

„Nicht gekauft", stellte Zillner fest, „er hat ihn geerbt und es soll schon immer sein Wunsch gewesen sein, sich mit dem Weinbau zu beschäftigen. Aber wenigstens haben die Schwestern jetzt Möglichkeiten, sich öfter zu sehen."

„Beide Frauen scheinen über recht gute Schulbildung zu verfügen."

„Und beide haben sehr gepflegte Hände", warf Iris ein.

Dr. Zillner nickte.

„Es dürfte sich um Waisenkinder aus der Verwandtschaft gehandelt haben, die Italiener haben ja diesen ausgeprägten Familiensinn. Der Ehemann Julias hat nie darüber gesprochen und auch Julia begnügt sich in erster Linie mit der eigenen Gesellschaft. Gesprächen über persönliche Dinge geht sie unmissverständlich aus dem Weg."

„Eine eigentümliche Geschichte", sagte Bernauer, „haben die Schwestern Kontakt zueinander?"

„Gelegentlich, denke ich, schon, in der Kirche ganz sicherlich, aber sehr viel Verbindendes scheint es nicht zu geben. Wieso kennen sie eigentlich Violetta und ihre Geschichte?"

„Durch eine Weinprobe in Eppan", antwortete Bernauer.

Dr. Zillner sah ihn erstaunt an.

„Hatten Sie da eine Empfehlung?"

„Ja, ganz zufällig, in unserem Hotel."

„Und, waren Sie zufrieden?"

„Sehr."

„Violetta belästigt doch wohl nicht die Kunden am Weingut?"

„Nein", mischte sich Iris ein, „ich habe aus Neugier einen kleinen Spaziergang gemacht, Violetta saß in einer Art Geräteschuppen."

„Ihre bevorzugte Bühne", lachte Zillner, „hat sie Sie angesprochen?"

„Ja und nein, eigentlich war ich es, die ihr zugesehen hat."
Iris zögerte unangenehm berührt.

„Sie hat mir eine Voraussage in einer etwas kryptischen Form gemacht."

„Wieso kryptisch?"

„Also, sinngemäß sagte sie, ich würde Dinge erleben, wie man sie nicht vermuten könnte."

„Das ist nicht kryptisch" lachte Zillner, „sondern ziemlich trivial, eine bei Wahrsagern beliebte Art der Mehrdeutigkeit. Richtig konkret darf ein Orakel doch von Haus aus nicht werden."

„Zusammen mit Abrakadabra kann es die Kassa schon klingeln lassen", brach Bernauer eine genauere Erläuterung ab, da die Gefahr bestand, dass Iris zur falschen Zeit ihr exaktes Erinnerungsvermögen einbrachte.

Es ging zwar um eine lächerliche Farce, aber im Zusammenhang mit dem gesteigerten Interesse des Arztes wurde Bernauer vorsichtig. Was konnte denn der Mann am Gefasel einer Scharlatanin so wichtig finden, dass er sich bemühte es zu entkräften?

„Und Violetta soll demnach die jüngere der Schwestern sein?" fragte Iris ungläubig.

„So ist es", bekräftigte Dr. Zillner, „Violetta sieht wesentlich älter aus, als sie tatsächlich ist."

Dann kam unweigerlich der haarsträubende Mord auf dem Ritten zur Sprache.

„Es ist natürlich eine scheußliche Sache, wenn ein Freund umgebracht wird, bei dem man kurz zuvor eingeladen war", stellte Zillner bedeutsam fest.

„Also", sagte Bernauer erklärend, „eigentlich war es nur eine Bekanntschaft und eine sehr kurze dazu. Ein Bozener Freund aus der Bridgeszene war mit Catuzzi bekannt und da man vermutlich noch zwei Spieler benötigte, wurden Dr. Adler und ich zu einem privaten Turnier eingeladen. Mit einer der Damen aus dem Kreise Catuzzis hatten wir vorher allerdings zufällig ein paar Worte in der Lounge unseres Hotels gewechselt."

„Die Zeitungen bauschen immer alles so unglaublich auf", sagte Zillner, „gibt es denn schon irgendwelche Hinweise?"

„Möglich, aber ich bin hier nur eine Zivilperson und möchte meinen Urlaub genießen. Außerdem habe ich schon von Haus aus keinen Einblick, da ich in Italien nicht ermittlungsbefugt bin, und die italienischen Kollegen nehmen so etwas auch noch ziemlich ernst."

Dies brachte unumgänglich Iris einen etwas schmerzhaften aber unbedingt notwendigen Stups gegen das Schienbein ein, doch ihr verständnisvoller Blick versicherte ihn ihrer völligen Diskretion. Allein die Vorstellung von Spionage versiegelte unverbrüchlich ihre Lippen.

Nach einiger Zeit, als sich die gröbste Hitze schon etwas gelegt hatte, brachen Bernauer und Iris zur Rückfahrt auf.
Sie dankten Dr. Zillner herzlich für die gastfreundliche Aufnahme und Iris versprach, dass man sich in Salzburg auf jeden Fall revanchieren würde.
„Darauf komme ich gerne zurück", beteuerte Zillner.

„Joschi", druckste Iris vorsichtig herum, „hältst Du mich immer noch für eine Verrückte, wenn mir diese Violetta doch nicht so vollkommen harmlos erscheint?"
„Im Gegenteil, ich möchte jetzt, dass Du sie nochmals aufsuchst und zwar jetzt."
„Ich soll sie aushorchen?"
„Beweise Deine Talente", lachte er, „für diese Recherche stehst Du sozusagen in internationalem Auftrag."

Um für Iris und ihre Spezialmission Zeit zu gewinnen, fand sich Bernauer mit einigen umständlichen Wünschen wiederum im Weingut Eppan ein, während Iris sich auf einen kleinen Spaziergang im Schatten der Reben begab.
Die dunkle, mottenhaft knittrige Frau saß noch immer unbeweglich an dem Tisch mit dem schwarzen Tuch und den Tarot-Karten. Es schien beinahe, als hätte sie sich nicht bewegt, seit Iris sie verlassen hatte.
„Ich habe Sie erwartet", sagte sie.
„Wieso haben Sie mich erwartet?"
„Sie suchen eine Erklärung. Die Finsternis kriecht auf Sie zu, die erlösende Kraft will gefunden werden."
„Es gab für mich keine quälende Ungewissheit. Sie haben Zweifel und Grauen heraufbeschworen und bei allen Heiligen, es scheint Ihnen gelungen zu sein."

„Ich erinnere mich nicht", sagte die Alte unbeweglich. Dann senkte sie die schweren Lider und flüsterte:

„Ich sehe Feuer vermischt mit Tränen, getränkt vom Blut der Wehrlosen über der grinsenden Bösartigkeit in den Abgründen."

„Was soll das bedeuten? Wollen Sie mich ängstigen?"

„Weil er nicht mochte, was die Karten sagten?"

„Wer ist er?" fragte Iris hilflos.

Die Frau nahm die vorletzte Karte auf, es war die des Teufels: „Wenn wir Licht in das Dunkel bringen, zerfällt der Vampir zu Staub, dann wird das Verborgene seine Form gewinnen, denn protziger Hochmut hält es fern, um es zu vernichten."

Über Iris war eine wechselseitige Wirkung von Unglauben und Schauder gekommen, die ihr die Fähigkeit raubte, einen vernünftigen Schluss aus den ungewöhnlichen und unzusammenhängenden Worten zu ziehen.

Die letzte Karte war die des Hohen Priesters.

„Wenn er seine Geheimnisse teilt, eröffnet sich das Leid anderer."

Die Alte hatte sich wieder abgewandt und murmelte undeutlich:

„Gott segne Sie."

Iris wusste plötzlich, dass Sie fliehen musste. Weg von dieser Frau. Weg von dem schwarzen Loch, in dem die Gestalt saß wie eine Spinne, ausgestattet mit jener surrealen Macht, die jeden ängstlichen Befreiungsversuch lähmte. War die Schwelle zur Gewalt des Abstrusen über die Vernunft bereits überschritten worden und sie selbst begann kontinuierlich den Verstand zu verlieren?

Bernauer sah besorgt auf Iris, sie schien ihm ungewöhnlich blass.

„Bist Du in Ordnung?" fragte er, als sie im Wagen saßen.

„Ich fühle mich wie eine zerquetschte Hülle", antwortete sie.

„Die Alte redet zwar wirr, aber dahinter steht ein gewisser Sinn. Ich hatte irgendwie das Gefühl, es geht eher um Dich, als um mich, obwohl ich Dich nicht erwähnt habe. Unzweifelhaft steuert sie auf einen bestimmten Punkt zu, vermutlich einem Ereignis. Feuer, Tränen und Blut, das muss eine greifbare Bedeutung haben."

„Was hat Sie denn nun tatsächlich gesagt?"

Iris versuchte sich zu konzentrieren und gab eine ziemlich wörtliche Aufzählung des Gesagten wieder.

„Ich fürchte, Du bist dem Gebrauch alter Weissagungen aufgesessen", sagte er beruhigend, „Dir wurden nämlich Bruchstücke aus der Offenbarung des Johannes, dem letzten Buch des Neuen Testaments, aufgetischt.

Das Feuer bedeutet die höllische Liebe und das Blut die Verfälschung des Wahren. Gut inszeniert mag die Interpretation zwar sehr beeindruckend sein, aber trotzdem stützt sich alles haarscharf auf die gleichnishaften Schilderungen übersinnlicher Wahrnehmungen aus den Anfängen des christlichen Glaubens."

„Ich weiß nicht", sagte Iris nachdenklich, „vielleicht hat sie alle diese Worte nur gebraucht, um mir einen Hinweis zu geben, den sie nicht aussprechen wollte oder konnte. Wie ich schon sagte, es klang weder theatralisch noch sybillinisch, eher trocken, ohne aufgesetztes Pathos, vielmehr die Worte einer Frau, die das Grauen kennt. So, als hätte sie nur eine lakonische Feststellung getroffen."

Sie fuhren nun schweigend einige Minuten durch die romantische Landschaft der Weinberge und Apfelkulturen, gesäumt von Rosen und Findlingen aus Granit.

„Joschi", begann Iris wieder zu sprechen, „ich weiß, dass ich mich aus der Sache heraushalten soll, aber ich werde Dir trotzdem jetzt sagen, was ich denke."

Bernauer schwieg.

Sie war nun vollkommen ernst.

„Hier sollte man sich nicht mit Spekulationen oder Ausflüchten abgeben, es geht um viel Geld, das in welcher Form auch immer, hin und hergeschoben wird zwischen Konten und Banken. Soweit mir bekannt ist sind die Offenlegungen zwischen den Banken schwer zugänglich, daher ist es besonders bei Auslandsgeschäften kaum möglich, dem Geldfluss auf die Spur zu kommen. Glanz, Glitzer und Eloquenz tragen ein Übriges bei. Ich bin mit Zahlen aufgewachsen, wie Du weißt, mein Vater und Großvater kamen aus dem Bankgeschäft.

Also überlege. Was haben wir in der kurzen Zeit bereits zu sehen bekommen? Weingüter, eine herrschaftliche Villa samt Stretch-Limousine und die Creme der Gesellschaft. Überall gibt es untereinander eine gewisse Verbindung. So soll der Zahnarzt aus Salzburg mit seiner herrlichen Wohnung, in dessen Ordination ein Mord an dem Beamten verübt wurde, keine Ahnung vom Missbrauch seiner Räumlichkeiten gehabt haben?

Catuzzi lebte am Ritten im Luxus und machte sich unerklärlicherweise an Dich heran, allerdings unter geänderter Identität nach einer Gesichtsoperation.

Auf Weingütern in nebeneinander liegenden Südtiroler Regionen wohnen zwei Schwestern ziemlich ungeklärter Herkunft, eine führt die Verwaltung eines Gutes in Kaltern, die andere geht in Eppan ihren eigenen, ziemlich irrealen Weg. Beide sind gebildet, sollen aber merkwürdigerweise aus den Abruzzen stammen, einer finsteren, rauen und heute noch ziemlich hinterwäldlerischen Gegend. Gehe ich Recht in der Annahme, dass Du mich mit einer spannenden Spionagegeschichte aufs Abstellgleis befördern wolltest?"

„Herrgott noch mal", antwortete er, „es ist ein Verhängnis, dass es gerade jetzt so gekommen ist, aber ich will und darf Dich nicht in eine so riskante Angelegenheit einbeziehen. Die Folgen könnten nämlich auch für jeden Mitwisser gefährlich werden. Natürlich wollte ich damit Deiner Intelligenz in keiner Weise zu nahe treten."

„Joschi", sagte Iris ungerührt, „Du solltest Dich schämen."

Als Bernauer den Wagen an der Schranke des Parkplatzes vor dem Hotel anhielt, legte Iris ihre Hand auf die seine.

„Friede?" lächelte sie und machte sich daran auszusteigen.

„Ich weiß nicht recht", warf er ein, „ich erwarte nämlich meine Traumfrau in der Lounge des Hotels."

„Dann verspäte Dich besser nicht", sagte sie streng.

Zwei Urlaubstage waren noch offen, aber sogar sie waren Bernauer nicht richtig vergönnt.

Eben hatte er sein Frühstücksei geköpft, schon klingelte das Handy. Commissario Foscari entschuldigte sich für den frühen Anruf, ersuchte aber dringlich um einen Gesprächstermin, sobald es für Bernauer zumutbar wäre.

„Wenn es Sie nicht stört", räumte er dann zuvorkommend ein. „könnte ich auch ins Hotel kommen, dann ersparen Sie sich wenigstens diesen Weg."

Man einigte sich also darauf, das Gespräch in einer Stunde in der Lounge des Laurin zu führen.

Der Commissario hatte bereits an einem Tischchen hinter einer Säule Platz genommen, neben seinem Espresso stand leer und unbeachtet ein dünnwandiges Glas.

Foscari hob zur Begrüßung die Hand.

„Morgenstund' hat Gold im Mund" sagte er und sah dabei ziemlich ungesund aus. Er wies auf das Schnapsglas und ergänzte unfroh seine Behauptung: „oder Grappa im Espresso."

Bernauer grinste fragend: „In vino veritas?"

Foscari schüttelte den Kopf.

„Leider nein. Spaghetti ai frutti di mare in der Kantine!" kam freudlos die Antwort.

In Bernauer schwang kurz die Erinnerung an den Fisch bei Cesare auf. Dort ging man Gott sei Dank kein derartiges Risiko ein.

Erwin, der Kellner, der am Vortag ziemlich lange auf den Beinen gewesen sein musste, da sich noch viele Gäste im Raum befanden, als Bernauer die Lounge verließ, stand trotzdem frisch und über das ganze Gesicht strahlend am Tisch.

„Espresso e grappa", bestellte Bernauer, „ich werde gleichziehen mit dem Kollegen."

Rufus Foscari legte eine Hand auf den Magen und sah jetzt noch erbärmlicher aus. Bernauer rechnete es ihm hoch an, dass er sich trotz seines Zustandes die Mühe gemacht hatte, ihn im Hotel aufzusuchen.

In der offensichtlichen Hoffnung auf Besserung orderte der Commissario noch einen weiteren Grappa.

„Das einzig wirksame Mittel", sagte er.

„Wenn ich nicht irre", grinste Bernauer, „fragt Aristoteles den Platon, wie wär's mit kohlesaurem Natron?"

Foscari bedachte ihn mit einem vernichtenden Blick und kam zur Sache.

„Es hätte der italienischen Sprache wegen im Moment wenig Sinn Ihnen die Unterlagen zu präsentieren", sagte er, „aber wir werden sie übersetzen lassen, bevor sie Ihnen zugehen."

Er holte aus einer weichen ledernen Aktenmappe einen Kugelschreiber von Montblanc und überflog kurz seinen Notizblock.

„Ich könnte mir vorstellen", sagte er, „dass sich die ganze Angelegenheit noch weiter komplizieren wird. Möglich wäre nämlich, dass Catuzzi nicht Italiener, sondern Österreicher war."

„Und wie kommen Sie zu diesem Schluss?"

„Es haben sich im Rahmen des Versuchs, den Mann anhand seines Gebissabdruckes zu identifizieren, gewisse Zweifel ergeben. Anlass war ein Gutachten eines Instituts für Zahnprothetik in Rom. Eine weitere Untersuchung der Leiche erhärtete dann diesen Verdacht im Hinblick auf die verwendeten Materialien sowie die angewandte Technik. Catuzzi dürfte in Österreich oder vielleicht Deutschland behandelt worden sein. Es könnte also durchaus sein, dass sich eine derartige Recherche in Österreich als wesentlich effizienter erweisen würde als in Italien."

„Eigene Straftäter haben wir für meinen Geschmack schon genug", sagte Bernauer, „aber dass ich mich jetzt auch noch bemühen soll, einer italienischen Leiche den Status eines österreichischen Halunken zu verschaffen, ist schon irgendwie grotesk."

Ins Präsidium nach Salzburg zurückgekehrt, ließ sich Bernauer bei Hofrat Sassmann anmelden.

„Na, wie war denn Ihr Urlaub im sonnigen Südtirol?" fragte Sassmann jovial.

„So interessant", antwortete Bernauer, „dass ich uns sogar noch ein wenig Arbeit nachkommen lasse."

„Sie habe doch hoffentlich nicht versucht, irgendwo mitzumischen?" lächelte der Hofrat.

Offensichtlich hielt er dies für eine besonders launige Bemerkung.

„Nein", meinte Bernauer, „ich wurde sozusagen ziemlich unsanft mit hineingezogen."

Nachdem Bernauer seinen Bericht abgeschlossen hatte, schüttelte Sassmann ungläubig den Kopf.

„Das ist mit Abstand die verrückteste und unverständlichste Geschichte, die mir je untergekommen ist. Wenn ich es richtig verstanden habe, wollte dieser Catuzzi, oder wer immer er war, in Salzburg mit Ihnen Kontakt aufnehmen. Dass Sie Ihren Urlaub in Bozen verbracht haben, kam ihm da natürlich sehr zupass. Er lädt Sie in seine Villa ein und schon wird er in der darauffolgenden Nacht ermordet, wodurch Sie sogar selbst in Verdacht hätten geraten können."

„Es hätte nicht nur sein können, ich wurde tatsächlich schon verdächtigt, bis Giorgio di Angelo erwähnte, dass Catuzzi vor kurzer Zeit über ihn einen Weg gesucht hatte, mich kennenzulernen."

„Bernauer, Sie sind die fleischgewordene Mordermittlung, sogar den Urlaub nützen Sie aus, um sich in einem Tötungsfall verdächtigen zu lassen. Dass man Sie irgendwie übergeht, ist einfach nicht möglich."

Sassmann malte bereits die Schlagzeilen aus: „Leitender Beamter der Salzburger Mordkommission unter Verdacht. Ist er der gesuchte Ritten-Mörder? So oder ähnlich."

„Danke, das war bereits ausreichend."

„Aber wieso Sie dieser Catuzzi kontaktieren wollte ist mir einfach ein Rätsel. Die ganze Sache muss im Zusammenhang mit einem Verfahren in Salzburg stehen, das grenzüberschreitend ist und in dem Sie ermitteln."

„In letzter Zeit käme da nur der Mord an unserem Justizbeamten in Frage. Allerdings fehlen hier Spuren, die nach Italien führen, außer man denkt an das Weingut Dr. Zillners in Kaltern, aber wem das Interesse Catuzzis in Salzburg gelten sollte, dem unbekannten Mörder in der Zahnarztpraxis oder dem geflüchteten oder möglicherweise entführten Kausch-Palmer, kann ich mir nicht vorstellen. Ich glaube aber trotzdem, dass es um den Häftling Kausch-Palmer ging, dessen Flucht aus der Untersuchungshaft so präzise vorbereitet war."

Hofrat Sassmann nickte und musterte dabei nachdenklich Bernauers gestreifte Klubkrawatte.

„Ein Denkansatz wäre auch, dass Catuzzi ebenfalls in diesen Fall von Wirtschaftskriminalität verwickelt gewesen ist. Wenn Kausch-Palmer sein Geld an der Steuer vorbei ins Ausland verlagert hat und illegale Handelsgeschäfte betreibt, muss er zweifellos auch über ein entsprechendes Netz an Partnern verfügen. Was könnte den Mann also so wichtig machen, dass Catuzzi mit mir als dem zuständigen Ermittler in Verbindung treten wollte?"

„Kausch-Palmer muss über etwas sehr Wichtiges verfügen", stellte Sassmann fest, „entweder geht es um Informationen, die nur er kennt, oder um tatsächliche Werte, deren Versteck nur ihm bekannt ist. Schlimm für die Bande wäre natürlich, sollte er Angaben machen, die seine Kumpane belasten."

„Dann dürfte er aller Wahrscheinlichkeit nach aber nicht mehr am Leben sein."

„Es ist zwar nicht Sache Ihres Dezernats, Ermittlungen über die Identität Catuzzis zu führen, aber wie werden Sie sich nun entscheiden?" fragte Sassmann gespannt.

„Die Flucht Kausch-Palmers und somit auch seine kriminellen Netze tangieren uns zwar nur im Zusammenhang mit dem Mord an dem begleitenden Beamten, aber ich erwarte trotzdem für meine Ermittlungen eine gewisse Unterstützung von der Aufklärung der Identität Catuzzis", sagte Bernauer, „ich nehme an, die Unterlagen wurden mir aus Bozen bereits übersandt."

Die Fahndung nach Kausch-Palmer hatte noch immer keine Fortschritte gemacht und auch zum Zahnbild Catuzzis hatte es in Österreich noch keinerlei Erfolgsmeldung gegeben.

Zwei Wochen später schrillte Bernauers Diensttelefon. Als er sich gemeldet hatte, wusste er, dass etwas Ungeheuerliches geschehen sein musste. Hofrat Sassmann hatte, in Übergehung der Sekretärin, selbst zum Hörer gegriffen, um ihn zu sich zu bitten, eine absolut außergewöhnliche Abweichung von seinen eisernen Gewohnheiten.

„Ich habe soeben eine Einladung zu einer Charity- Veranstaltung erhalten, die in einem Schönheitsinstitut irgendwo in der Peripherie stattfinden soll", grinste er, „stand nicht die Ärztin eines solchen Instituts im Zusammenhang mit dem Mord in Bozen?"

„Richtig", bestätigte Bernauer, „es gab da eine Chirurgin, aber es ist kaum denkbar, dass es sich dabei um dieselbe Schönheitsfarm handelt? Das wäre doch ein merkwürdiger Zufall."

„Na, hoffentlich ist er das, sonst müsste ich annehmen, Sie haben mich der Dame als potentiellen Anwärter für ihre verschönernden Dienste beschrieben."

Er hob den Kopf und strich prüfend über Kinn und Wangen.

Bernauer sah auf die Einladung.

„Den Ehrenschutz übernimmt der Kulturstadtrat", las er und folgerte daraus: „Es macht die Sache natürlich noch illustrer, wenn man auch den Polizeichef persönlich als Ehrengast vorstellen kann."

„Unbeaufsichtigte Kinder in Afrika!" sagte Sassmann gedehnt, „ich meide Kinder sogar in Europa, so gut es geht."

Fahrig wandte er sich dann Bernauer zu: „Oder, wie würden Sie mich beispielsweise als Vater sehen?"

„Ehrlich?"

„Natürlich ehrlich."

„Wie man heute zu sagen pflegt, als no go. Absolut ungeeignet."

Als Bernauer etwas später seine Post angeliefert bekam, war auch er zu der Veranstaltung geladen worden und zwar mit Begleitung.

Hofrat Sassmanns Stimme klang erleichtert: „Ich werde also nicht der einzige sein, der gegen Bares noch keinen persönlichen Beitrag zur Verschönerung der Menschheit geleistet hat."

„Vergessen Sie nicht den Kulturstadtrat", sagte Bernauer grinsend, „er ist ungeschlagen das Paradigma des unansehnlich naturbelassenen Menschen."

„Smoking?", fragte Sassmann.

„Auf jeden Fall."

Die offizielle Begrüßung der Charity-Gäste erfolgte erst, nachdem man auf Wunsch Gelegenheit hatte, die luxuriös ausgestattete Anlage zu besichtigen.

Besonderes Augenmerk lag natürlich auf den Ehrengästen und man hatte auch Hofrat Sassmann gebeten, in seiner Eigenschaft als oberstes Exekutivorgan Salzburgs einige erläuternde Worte zum Problem der Wechselwirkung zwischen Kindesverwahrlosung und Kriminalität beizutragen. Jedenfalls war es eine Bitte, die er nicht abschlagen konnte und Bernauer zollte ihm insgeheim den höchsten Respekt, denn, wer Sassmann nicht so wie er selbst kannte, musste nach diesen Worten annehmen, er hätte in einer tiefempfundenen Herzensangelegenheit gesprochen.

Doch die Gala der Schönheitsfarm Nereidenhof sollte nicht nur eine gelungene Veranstaltung werden, auch die Spendenfreudigkeit der Anwesenden musste geweckt werden.

Da man sich aber auf dem Fest eines Instituts befand, in dem die Gäste für horrendes Geld passend in diejenigen

Kleidergrößen hineingeschrumpft wurden, von denen sie bisher eingepfercht geglaubt hatten, es wären die ihrigen, fiel das Dinner zwar üppig, aber natürlich entsprechend gesundheitsbetont aus. Es hätte also nicht besonders vorteilhaft ausgesehen, dafür einen, wie immer überhöhten Preis anzusetzen. Also war man hintergründig auf einen ganz anderen besonderen Anreiz verfallen.

Da der Abend generell von Live-Musik begleitet wurde, sollte eine Schar hübscher junger Mädchen, als Nereiden kostümiert, die Besucher zum Tanzen animieren. Auf der Ballkarte des jeweiligen Mädchens wurde nach jeder Runde die Spende des entsprechenden Kavaliers eingetragen, so dass es der nächste Herr nicht wagen würde, sich knausriger als der vorherige zu zeigen. Die Rechnung schien aufzugehen, denn eine Vielzahl der stattlichen Herren nutzte gerne die Chance, mehrmals ein hübsches junges Mädchen im Arm zu halten.

Auch die Damen waren dringlich aufgefordert worden, sich dem Reigen der anmutigen Gesellschaft zuzugesellen und zwar genau so, wie sie sich beliebig zusammenfanden. Bernauer schien es sogar, dass es mehrere weibliche Wesen sichtlich genossen, gefühlvoll mit einer Geschlechtsgenossin zu tanzen, manche zogen es auch vor, sich ganz ohne störende Partnerschaft publikumswirksam auf der Tanzfläche zu inszenieren. Eine Performance, bei der man natürlich ungestört den großartigen Erfolg eines Aufenthaltes am Nereidenhof vorführen konnte. Bald bewegte sich eine heitere Schar über den ganzen Raum hin und niemand war in Ermangelung eines Tanzpartners ausgeschlossen.

Sinnigerweise verkörperten aber die milde lächelnden Nereiden alle nur eine der Töchter Nereus, nämlich Eudora. Allerdings befand sich damit die Realität hier etwas auf Kriegsfuß mit der griechischen Mythologie, denn Eudora bedeutet „gute Schenkerin", doch schenken sollten, abgesehen vom Ballvergnügen für den Kavalier natürlich, ausschließlich und reichlich die betuchten Herren. Die Mädchen standen selbstverständlich nur als Tanzpartnerinnen zur Verfügung.

Hofrat Sassmann bat die reizende Dr. Gundlach seine Spende in Form eines Kuverts abgeben zu dürfen, da ihm seit Tagen sein vierter und fünfter Lendenwirbel arg zu schaffen mache. Sie akzeptierte charmant und wann immer es ihre Gastgeberverpflichtungen ermöglichten, setzte sie sich plaudernd zu ihm.
Besser Bescheid in dieser Leidensgeschichte wusste allerdings Joschi Bernauer. Der Hofrat hatte sich schwarze Lacklederstiefletten anmessen lassen, die er gleich im Büro eintragen wollte und dies unvorsichtigerweise an mehreren Tagen hintereinander. Gegen Mittag war Bernauer nun zufällig Sassmanns Sekretärin in der Apotheke begegnet, als sie gepolsterte Wundpflaster mit betäubender Wirkung für des Hofrats schmerzende Fersen besorgt hatte.
„Machen Sie aber keine Bemerkung darüber", warnte sie ihn.
Tanzen war da natürlich nicht mehr vorgesehen.

Auch Bernauer gab, wie Hofrat Sassmann, seine Spende im Kuvert ab, denn seine Tanzpartnerin war natürlich Iris.

Doch dann kam das Unglück über den ohnehin schon blessierten Hofrat.

Schräg gegenüber hatte nämlich ein offensichtlich gut betuchtes Paar Platz genommen, dem Dr. Gundlach schon seit der Begrüßung besondere Aufmerksamkeit widmete.

Der nette rundliche Herr, der über seine fraglos attraktive Gattin in der Vergangenheit wahrscheinlich bereits zum big spender des Hauses geworden war, schien wild entschlossen, seine Förderungstätigkeiten durch ständiges Tanzen aufrecht zu halten. Dadurch hatten in Kürze diese reizenden Kindfrauen Eudora ein kleines Vermögen für die afrikanischen Kinder bei ihm abgesahnt.

„Solveig", sagte seine aufmerksame Gattin zu Dr. Gundlach und warf einen bedeutsamen Blick auf Hofrat Sassmann, „ist der fesche Herr Nichttänzer?"

„Tanzen ist ihm im Moment nicht erlaubt", flüsterte Solveig, „es ist eine Sache mit dem Kreuz, naja, Du weißt schon.

„Scheißkreuz", bestätigte die Dame leise, „aber hetz' Dich nicht ab, den übernehme ich" und schon steuerte sie auf den noch ahnungslosen Hofrat zu.

Dass er nun Gesellschaft hatte beruhigte Iris und Bernauer natürlich sehr und sie begaben sich ohne schlechtes Gewissen jetzt laufend aufs Parkett.

In der Pause, nach der die Bekanntgabe der Summe und Übergabe der Schecks und des gespendeten Bargeldes erfolgen sollte, nahm auch der tänzerisch umtriebige Gatte der offensichtlich am Stuhl kleben gebliebenen Gesellschafterin des Hofrates neben Sassmann Platz, so dass Bernauer und Iris abgedrängt wurden.

Der Kulturstadtrat machte sich währenddessen bereit ins Finale zu gehen und sah sich suchend nach dem Funkmikrophon um, das neben dem achtarmigen Kerzenleuchter am Tisch Dr. Gundlachs liegen geblieben war. Sie griff danach und in der Bewegung flammte unerwartet ihr herrliches Brillantarmband im Schein der Kerzen auf wie ein Gewitter, geboren aus tausend Regenbogen.

Der Arm eines Gastes neben Gundlach senkte sich kaum merklich, als er zurückgezogen wurde, doch der schwere dunkle Barolo schwappte aus dem Glas, ergoss sich über den ellbogenlangen Handschuh der eleganten Dame des Hauses und verschwand in der Schwärze des hauchdünnen Leders. Doch auf dem breiten Armband aus flammenden Brillanten schien Iris das tiefrote Herzblut der Trauben wie eine Vision des beängstigenden, geradezu schrecklichen Ausdrucks von Gewalt.

Sie wurde blass.

„Ich sehe Feuer, getränkt von Blut", hatte die Alte im Weinberg gesagt. Iris spürte, dass sie wiederum das nun schon vertraute unabwendbare Grauen umfing und vermutete jetzt die Worte der Frau zu verstehen.

Endlich kam das Finale und dem Präsidenten der Organisation in Angola konnten zehntausend Euro überreicht werden.

Beifall brandete auf, Kameras klickten, Dr. Gundlach dankte den Anwesenden gerührt und den Tränen nahe. Es gab für die Gäste Bilder der Kinder verschiedener betreuter Schulen in Afrika und natürlich wurden sie auch mit persönlicher Widmung versehen.

„Bernauer", fiel am nächsten Morgen Hofrat Sassmann über ihn her „es reicht wohl nicht, dass ich an den Tisch gefesselt diesem Feldwebel von Weib ausgeliefert war, weil Sie offenbar der Meinung sind, Fred Astaire zu sein. Nein, sogar als ich ganz nahe dran war, mich mit dem Vorsitzenden dieses Hilfswerks in Angola näher zu befassen, haben Sie es nicht für nötig befunden, mir wenigstens für kurze Zeit diese Klette vom Leib zu halten. Dr. Gundlach wollte ein Gespräch arrangieren, aber ich war ja augenscheinlich viel zu beschäftigt dazu."

„Entschuldigen Sie Hofrat, das wusste ich nicht", antwortete Bernauer hinterhältig, „man konnte vielmehr annehmen, Sie hätten sich angeregt mit der Dame unterhalten. Schließlich sind Sie unter anderem dafür bekannt, penetranten Situationen souverän ein frühes Ende zu bereiten."

Sassmann zögerte.

„Natürlich, wenn man mich über Gebühr strapaziert, auf jeden Fall."

Er geriet ein wenig aus dem Gleichgewicht seiner moralischen Entrüstung und Bernauer sah ihm beifällig zu.

„Aber wenn sich eine Dame in Bedrängnis mitteilen möchte, na Sie wissen schon, man ist ja kein Unmensch", endete er etwas lahm. Das Geheimnis der drückenden neuen Lackprunkstücke blieb also gewahrt.

„Allerdings", setzte er fort, „hätte ich gern dem Mann auf den Zahn gefühlt, dem ich mein Geld mitgegeben habe."

Bernauer nickte, versagte es sich aber auch in eigener Sache, diesen Punkt zu kommentieren.

„Also, wie war denn Ihr Eindruck dann so im Allgemeinen?" fragte Sassmann, der sich offenbar wieder beruhigt hatte, und wechselte über auf die bequeme Sitzgarnitur aus schwarzem Leder vor dem offenen Fenster.

„Jetzt setzen Sie sich schon, Sie machen mich nervös."

„Mein Eindruck", meinte Bernauer und senkte sich in einem etwas mühsamen Balanceakt auf den für seine Begriffe etwas zu niedrigen Fauteuil, „beruht auf subjektiven Gefühlen, nichts wirklich Beweisbares."

„Dann reden Sie schon, ich schätze Ihre Gefühle meist hoch ein."

„Ich fürchte, das Spiel ist nicht abgerissen. Wir haben einen verschwundenen Wirtschaftskriminellen, der unter anderem des illegalen Diamantenhandels und der Urkundenfälschung verdächtigt wird, einen ermordeten Justizbeamten und eine undichte Stelle im Personal der Haftanstalt.

Danach versucht ein reicher, bis dorthin als Römer geltender Bozener über Dritte mit mir Kontakt aufzunehmen. Wieso fragt er nach einem Bridge-Club in Salzburg exakt einen Mann aus Bozen, mit dem ich bekannt bin, und von dem anzunehmen ist, dass er in meinem Club spielen wird, wenn er sich in Salzburg aufhält und mich daher auch empfiehlt? Als ich dann zufällig in Bozen Urlaub mache, wird die Sache natürlich einfach für ihn und ich glaube den Umständen nach eher, dass die Gundlach mit von der Partie ist, denn die Verständigung funktioniert rätselhaft kreuz und quer.

Als der vermeintliche Catuzzi ermordet wird, versucht man sogar, mich in den Verdacht der Bestechlichkeit zu bringen. Das ist zwar schiefgegangen, aber für meinen Geschmack führt das nun doch etwas zu weit.

Und weiter, warum lädt man uns zu dieser Charity Veranstaltung ein? Ich wette, man hatte Sie bereits zu Anfang auf die Wunschliste des Kulturstadtrates gesetzt, also konnten Sie ohnehin nicht ablehnen. Ähnlich dürfte es bei mir gelaufen sein."

„Man wollte sich also meiner versichern. Warum gerade ich?" fragte Sassmann.

„Weil Sie, Hofrat, ein hervorragendes Schutzschild bei Zweifeln an den ehrbaren Absichten der Gesellschaft sind und über Ihre Person mit mir als Ermittler Kontakt zu haben, kann ebenfalls nur von Vorteil sein. Außerdem wären nur Sie dazu in der Lage, das Verfahren irgendwie zu beeinflussen."

„Also wäre es sehr wohl nützlich gewesen, hätte ich mich mit diesem Wohltäter aus Angola austauschen können."

Bernauer riskierte lediglich eine leicht indifferente Bewegung seines rechten Mundwinkels.

„Trotzdem merkwürdig", sagte der Hofrat nachdenklich, „hier geht es um international ausgeklügelte und gefinkelte Kriminalität, in diesen Kategorien ist Salzburg doch tiefste Provinz."

„Wenn ich nicht mitten drinnen säße, wäre ich absolut Ihrer Meinung."

„Major Bernauer", meldete sich die Telefonvermittlung, „ein Gespräch für Sie, der Name der Frau ist Anna Koch."

„Stellen Sie durch."

„Frau Koch, aus der Zahnarztpraxis Dr. Zillner?" fragte er.

„Ja", klang es zögernd, „Sie erinnern sich an mich?"

„Natürlich", antwortete er, „was kann ich für Sie tun?"

„Ich weiß nicht, ob ich bei Ihnen überhaupt richtig bin", meinte sie zögernd, „es geht um einen Aufruf zur Erkennung eines Zahnbildes den wir heute erhalten haben. Dr.

Zillner ist leider auf Geschäftsreise, aber ich habe eben die passenden Unterlagen gefunden. Der Mann war Patient unserer Praxis. Ich dachte eben zuerst an Sie, weil Sie doch seinerzeit den Todesfall bei uns untersucht haben, oder sollte ich vielleicht doch die Rückkunft Dr. Zillners abwarten?"

Bernauer glaubte, nicht richtig gehört zu haben.

„Es handelt sich tatsächlich um das gesuchte Gebiss?" fragte er ungläubig.

„Genau darum, so ist es tatsächlich."

„Wo sind Sie?"

„In der Praxis, sie ist zwar geschlossen, aber ich erledige den längst nötigen Papierkram und sortiere das Material für den Schredder. Soll ich vielleicht mit dem Ganzen ins Präsidium kommen?"

„Warten Sie. Sind Ihre Krankengeschichten digitalisiert?"

„Nur zum Teil, diese allerdings noch nicht, denn sie ist irrtümlich in einen älteren Ordner gelangt, aber ich kann sie Ihnen auch per E-Mail senden."

Anna Koch hatte ein fabelhaftes Gedächtnis. Der Mann sagte sie, sei laut ihren Unterlagen vor etwa siebzehn Jahren in die Ordination Dr. Zillners gekommen. Er hatte sich mit einem Tennisschläger am Oberkiefer schwer verletzt und dabei einen Schneidezahn verloren. Ein riesiges Problem für ihn, da er als Kabarettist auf der Bühne zu stehen hatte und das Programm immer mit seiner stürmisch geforderten Elvis Parodie beendete.

Trotz seiner schweren Verletzung war er ungeheuer charmant und er sah auch ziemlich gut aus. Ganz sicher war er aber mit Dr. Zillner entweder näher bekannt oder ihm persönlich empfohlen worden, denn er kam ohne Terminvereinbarung und wurde vorzüglich behandelt.

Auch die notwendige Prothese, links waren mehrere Brückenzähne notwendig gewesen da der Sprung im Kiefer ziemlich untypisch verlaufen sei, wurde sofort angefertigt. Der vernarbte Spalt im Kiefer sei auch auf dem Röntgenbild noch deutlich zu erkennen.

Einige Monate später sei der Mann zu weiteren geringfügigen Korrekturen erschienen. Sein Name sei Oswald Tauber gewesen und gewohnt hätte er in Salzburg.

„Ich werde Ihnen ein Foto per E-Mail senden", sagte Bernauer.

Etwas später rief die Frau zurück.

„Ist der Mann auf dem Bild tot?" fragte sie vorsichtig.

„Ja, er ist tot."

„Nein", sagte sie, „das ist bestimmt nicht Herr Tauber, aber ganz sicher sein Gebiss. Was ist ihm denn überhaupt zugestoßen?"

„Das konnte noch nicht einwandfrei geklärt werden", wich Bernauer aus.

„Wo könnte man denn Dr. Zillner, wenn es wirklich notwendig wäre, erreichen?" fragte er.

„In Amsterdam, Hotel Jakarta, aber nur für die nächsten drei Tage."

Nachdem der Gerichtsmediziner die vollkommene Übereinstimmung der Röntgenbilder festgestellt hatte, wurden die sonstigen Personalien des Toten vom Ritten mit denen des Patienten aus der Praxis Dr. Zillners überprüft.

Es handelte sich einwandfrei um Oswald Tauber, den Sohn eines Schaustellerehepaares aus Salzburg.

Kleinere kriminelle Delikte hatten ihm in Abständen immer wieder Gefängnisstrafen eingebracht, bis er dann längere Zeit bei Gericht nicht in Erscheinung trat und als Varietee- und Zirkuskünstler sogar bemerkenswert erfolgreich von Bühne zu Bühne zog. Seine besondere Begabung war die Imitation von Personen und als Elvis Presley-Double verstand er es dann leider viel zu gut, zart und einfühlsam liebesbedürftige Herzen weiblicher Wesen in die Hände zu nehmen, während er den meist sauer verdienten Lohn der Getrösteten penibel und sauber auf sein Konto verbuchte. Sogar Damen der betuchten Gesellschaft hatten durch die Bekanntschaft mit ihm schon kräftig Federn gelassen.

Als eines seiner Opfer Anzeige erstattete, kam er aus Mangel an Beweisen noch einmal glimpflich davon, aber damit war ihm auch dieser Boden zu heiß geworden. Er begann sich neu zu spezialisieren und im Drogengeschäft Fuß zu fassen, wobei ihm seine Engagements auf wechselnden Bühnen zur Tarnung seiner Verteilerreisen dienten. Nur als bei einer Disziplinierungsmaßnahme dieser kriminellen Organisation ein vermutlich aus der Reihe tanzender Hehler mit den Knien an den Fußboden genagelt wurde und daraufhin seinen Verletzungen erlag, begann Taubers Stern wieder zu sinken. Er wurde als einziger Beteiligter an dem Massaker ausgeforscht und verhaftet – doch er verriet niemanden, auch nicht während seines neuerlichen Gefängnisaufenthalts.

Noch im Jahr seiner Entlassung wurden im Stadtteil Bergheim anlässlich der Anhaltung eines verdächtigen Fahrzeuges zwei Streifenpolizisten von einem schweren SUV überfahren und einer davon tödlich verletzt. Der oder die Täter entkamen, aber ein Zeuge, der vorher zufällig aus einem Gasthaus gekommen war und sich auf dem Heimweg befand, hatte einen Mann gesehen, der aus einem Hauseingang Schachteln in den gesuchten SUV geladen hatte. Die Beschreibung passte haargenau auf Tauber. Ab diesem Zeitpunkt war und blieb dieser verschwunden.

„Joschi", fragte Iris im Cafè Tomaselli „hast Du dem Hofrat jetzt endlich von der alten Frau in Eppan und ihren Andeutungen erzählt?"

„Iris", gab er äußerlich ruhig, aber genervt zurück, „natürlich ist die ganze Sache merkwürdig, nur wie sollte ich das alles bei denjenigen, die nicht dabei gewesen sind, vernünftig begründen? Bestenfalls macht man sich über mich lustig, noch eher zu erwarten wäre der Ratschlag, ich sollte einen Psychiater aufsuchen."

„Ach ja, einen Psychiater, wo Deiner Meinung nach eigentlich ich hingehöre, willst Du doch sagen", erwiderte sie giftig, „immer wieder diese typisch männliche Arroganz."

Verärgert schlug sie mit der Handfläche auf den Tisch, wodurch das Kaffeegeschirr zu tanzen begann und als sich Bernauer geniert nach den übrigen Gästen umsah, sagte sie knapp: „Spare Dir jedes Ablenkungsmanöver, ich erkläre es Dir jetzt zum letzten Mal."

Es war unmissverständlich, dass sie jedes Wort ernst gemeint hatte.

„Ich bin in Sachen Bibel nicht sehr bewandert", stellte sie fest, „daher wollen wir die Offenbarung des Johannes aus dem Spiel lassen, egal welche Übereinstimmung Dich irritiert hat, aber diese Frau wirkte auf mich weder gauklerhaft noch sinnlos verrückt, sondern auf unverständliche Weise paralysiert. Es musste da ein überaus prägendes Erlebnis gegeben haben, das sie nicht zu konkretisieren vermag."

Bestimmt fuhr sie fort:

„Ich selbst hatte schon Patienten, die nach einem bösen Erlebnis, wie zum Beispiel einer schlimmen Diagnose, in eine Art Schockstarre verfallen sind und das Gehörte aus ihrem Bewusstsein verdrängt haben, was nicht heißt, dass sie nicht unterbewusst weiter davon gequält wurden. Sie konnten sich nur nicht artikulieren.

Zuerst hatte die Wahrsagerin Violetta quasi keinen Menschen mehr, jetzt taucht plötzlich, ganz in ihrer Nähe in Kaltern, eine Schwester auf, die im Gegensatz zu ihr mit beiden Beinen am Boden steht. Dass sie die Zusammenhänge um den Zustand ihrer Schwester kennt, ist für mich kein Thema und ganz augenscheinlich halten sich die beiden Frauen irgendwie die Waage, sonst wären sie vermutlich nicht mehr am Leben."

„Entweder ist das jetzt ein schlechter Scherz, oder Iris hat im Hinblick auf dieses Gespräch schon einige Gläschen gehoben", fürchtete Bernauer im Stillen.

Aber sie ließ sich nicht beirren.

„Dass hier üble Dinge vor sich gehen und gegangen sind, ist sogar für Dich bewiesen. Ich sage, wer in diesem Klüngel ein Problem darstellt, wird umgebracht oder bekommt im besseren Fall, wenn er wichtig genug ist, eine neue Identität wie Catuzzi, zumindest vorerst.

Erst lebte Catuzzi als angeblicher Römer überaus wohlhabend in Bozen, verkehrte in den besten Kreisen, hatte aber offensichtlich in gewissen dubiosen Geschäften eine nicht unerhebliche Position. Vermutlich wurde er zu gierig und ist eigene Wege gegangen, denn man hat ihn ja sogar dann noch eliminiert, als er in Deinem Fall bereits zum Mittelsmann geworden war.

Und diese Lücke", Iris stach mit dem Zeigefinger nach ihm, „füllt jetzt die Gundlach aus. An Dich und Sassmann hat sie sich ja bereits ordentlich herangeschmissen."

Obwohl Bernauer geneigt war, ihr in diesem Fall Recht zu geben, hoffte er, Iris möge doch noch so weit zur Vernunft kommen, dass sie ihn nicht tatsächlich in gröbere Verlegenheit brachte.

„Aber", setzte sie gnadenlos fort, „während Ihr im Dienste der Schönheit herumscharwenzelt seid, habe ich mich selbst ein wenig informiert und meinerseits umgesehen."

Wie konnte Bernauer dies entgangen sein? Was und wen wollte sie beobachtet haben, während sie anscheinend zwanglos mit verschiedenen Gästen geplaudert hatte?

„Als nämlich der großherzige Mann aus Angola seinen Diplomatenkoffer zum Verstauen der Beute öffnete", sagte sie, „wurden für einen kurzen Moment zwei Dinge sichtbar: Das Schreiben dieses ehrenwerten Präsidenten an eine Adresse in Portugal, wo dann allerdings der Sitz seines eigenen beeindruckenden Hilfswerkes laut Briefkopf nicht wie behauptet in Luanda, sondern Lucapa liegt. Wozu die Lüge? Diese Stadt ist zwar ebenfalls in Angola, nur, die Destination auf seiner ebenfalls kurz sichtbaren Flugkarte war dann Freetown in Sierra Leone. Ob es dort Betreuungsstätten für bemitleidenswerte afrikanische Kinder gibt, weiß ich nicht, aber dass es in Angola und Sierra Leona Diamantenminen gibt, in denen Menschen wie Sklaven behandelt, missbraucht und gequält werden, das weiß ich sicher und den wirklichen Zusammenhang begriffen habe ich letztlich erst dann, als ein Gast Wein über Dr. Gundlachs Brillantarmband geschüttet hat."

Bernauer tätschelte beruhigend ihre Hand. Begann Iris nun an Stelle von Tarot-Karten aus Brillantarmbändern zu orakeln? Konnten denn charismatische Menschen, wie offensichtlich Violetta einer war, sogar auf die Psyche hochintelligenter Menschen einen derartigen Einfluss ausüben?

„Zugegeben, ich kann Dir da nicht mehr folgen, aber nenne mir einen einzigen handfesten Beweis, mit dem ich offiziell argumentieren könnte?"

Da es diesen Beweis nicht geben konnte, hoffte er umso heftiger, dass damit der romantische Ausritt einer sonst so vernünftigen Person wie Iris beendet wäre.

Ein fataler Irrtum.

„Feuer und Blut", wiederholte sie jetzt umso eindringlicher, „wie die Alte gesagt hat, das Feuer der Diamanten und der Rotwein auf dem blitzenden Armband der Gundlach, genau so, als würde Blut aus den Flammen dieser grausamen Steine quellen.

Die alte Frau muss sie gesehen haben, diese mörderischen Minen und was dort vor sich ging. Sie versuchte es mir zu sagen und genauso wusste sie, dass Catuzzi sterben würde. Aus den Abruzzen soll sie kommen? Ich sage: Nein! Finde heraus, wer sie wirklich ist, Joschi, aber sei um Gottes Willen vorsichtig."

Als Bernauer schwieg, setzte sie nach:

„Ist Dir eigentlich nicht aufgefallen, dass die Gundlach bei dieser Wohltätigkeitsveranstaltung als einziges weibliches Wesen ellbogenlange Handschuhe getragen hat? Bei dieser Hitze."

Bernauer versuchte sich zu erinnern. Es konnte sein, aber galten nicht lange Handschuhe als sophisticated und waren daher genau richtig für eine Diva wie Solveig Gundlach? Darin sah er eigentlich nichts Ungewöhnliches, doch die folgende Bemerkung gab ihm irgendwie zu denken.

„Ich hatte dabei sofort die Assoziation zu der unerklärlichen kleinen Wunde zwischen Daumen und Zeigefinger Catuzzis. Aber vielleicht ist es auch nur die gesteigerte Sensibilität einer Chirurgin bei der Erwähnung professionell gesetzter Operationsschnitte."

Iris Adlers merkwürdige Beobachtungen auf der Gala brachten Hofrat Sassmann in eine überaus unangenehme Lage. Ein soziales Hilfsprojekt anzugreifen, kam in der Öffentlichkeit einem Sakrileg gleich, ebenso gut konnte man ein Nonnenkloster durch Sträflinge stürmen lassen. Andererseits, wenn hier wirklich grober Missbrauch vorlag und dieser würde publik, könnte die Untätigkeit der Behörde die Medien über längere Zeit hin ziemlich negativ inspirieren.

Natürlich hatte Bernauer nichts von den Südtiroler Erlebnissen Iris Adlers mit der alten Frau und deren Prophezeiungen, sowie die für Iris daraus resultierenden weiteren Vermutungen, erwähnt. Ein Teil dieser Folgerungen konnte ja richtig sein, zufällig natürlich, aber der Rest war ganz sicherlich einer romantischen Gemütsverfassung zuzuschreiben, allein schon blutende Steine erinnerten ihn unangenehm an die Erscheinungen wundergläubiger Phantasten.

„Bernauer", sagte Sassmann nach reiflicher Überlegung, „auf dem offiziellen Weg kommen wir hier nicht weiter, aber die Gundlach soll mich nicht umsonst eingeladen haben."

Also bekam Dr. Solveig Gundlach kurz danach einen Brief auf Hofrat Sassmanns privatem feinem Büttenpapier, in dem er sich für den beeindruckenden Abend bedankte und den Wunsch äußerte, sich ebenfalls für die gute Sache einzusetzen. Er könne sich auch recht gut vorstellen, schrieb er, dass Spenden von Polizeiangehörigen sogar eine gewisse staatliche Förderung nach sich ziehen würden und man ersuche daher um Ihre, Dr. Gundlachs, Vermittlung in der Angelegenheit und er würde auch persönlich um die Bekanntgabe der Kontaktperson in Angola bitten, beziehungsweise um die Adresse der zuständigen Organisation.

Auf gänzlich unfruchtbaren Boden waren aber die Vermutungen, die Iris geäußert hatte, zusammen mit der Auskunft der Ordinationshilfe Dr. Zillners, bei Bernauer dann doch nicht gefallen.
Aufgrund eines Amtshilfeersuchens der Staatsanwaltschaft Salzburg wurde Dr. Zillner bei seinem Aufenthalt in Amsterdam überwacht und am zweiten Tag bei einer Paketübernahme einer Kontrolle unterzogen. In einer als dentalmedizinisches Material deklarierten Sendung aus Angola hatten sich mehrere Rohdiamanten im Inneren von Lichthärtegeräten gefunden. Zertifikate oder Eigentumsnachweise dazu gab es nicht. Die Diamanten waren daraufhin konfisziert worden.

Wenn auch der Zahnarzt jeglichen Zusammenhang mit der Ermordung des Justizbeamten und dem Verschwinden des Untersuchungshäftlings Kausch-Palmer bestritt, so konnte vielleicht doch in der Übereinstimmung des Kausch-Palmer vorgeworfenen, illegalen Diamantenhandels und dem Diamantenschmuggel Dr. Zillners ein Zusammenhang im Mordfall an dem Justizbeamten vorliegen.

Auch mit Silvio Catuzzi habe Zillner niemals wissentlich Kontakt gehabt, behauptete er, und an den Mann, den er seinerzeit als Oswald Tauber behandelt hatte, konnte er sich nach so langer Zeit ohnedies nicht mehr erinnern. Den Behandlungstermin könnte eigentlich nur Frau Koch vereinbart haben, vermutlich hatte es sich um einen Schmerzpatienten gehandelt, der eingeschoben worden war. Wenn der Mann allerdings seine Identität gewechselt habe, würde er sowieso jeden Kontakt mit ihm vorher bekannten Personen vermieden haben und dass die verrückte Schwester seiner Gutsverwalterin im Gartenhaus eines Weinbauern lebe, in dem Catuzzi Kunde gewesen sein sollte, sei ein Zufall und wäre für ihn, auch wenn er davon Kenntnis gehabt hätte, ebenso uninteressant gewesen wie die übrigen Kunden des Winzers, die er genau so wenig kannte. Mehr als der übliche Tratsch sei ihm daher auch nicht zugetragen worden.

Die Einvernahme des Zahnarztes war nicht von Bernauer geführt worden und Dr. Zillner befand sich zwar auf freiem Fuß, stand aber unter dem dringenden Verdacht, Beteiligter am Mord des Beamten in seiner Praxis gewesen zu sein, vorderhand eben noch ohne jeden Beweis.

Einige Tage später erschienen Josef und Hedwig Tauber, die Eltern ihres als Silvio Catuzzi ermordeten Sohnes Oswald und wünschten Bernauer zu sprechen.

Er bat nun das allem Anschein nach tieftrauernde alte Elternpaar Platz zu nehmen und Josef Tauber eröffnete das Gespräch sofort mit den Worten: „Es ist für uns ein großer Trost, dass wir jetzt noch mit einem Freund von Oswald sprechen können."

„Hier liegt ein Irrtum vor", berichtigte Bernauer, „ich kannte Ihren Sohn kaum und wurde nur als Zufallsbekanntschaft über einen Freund zu seiner Bridgeparty eingeladen."

„Aber Sie arbeiten doch sicherlich jetzt mit der italienischen Polizei zusammen?"

„Im gewissen Sinne ja, als Zeuge natürlich."

„Aber fällt das jetzt nicht eigentlich in Ihren Bereich, schließlich war Oswald österreichischer Staatsbürger, alles andere war doch ungültig?"

„Die Ermittlungen werden zunächst in Italien geführt, Ihr Sohn hat schließlich alles dazu getan, sich eine Identität als Italiener zu verschaffen."

„Sicherlich nicht freiwillig", Hedwig Tauber tupfte mit einem blütenweißen Spitzentaschentuch imaginäre Tränen ab, „er war ein richtiges Sorgenkind und viel zu vertrauensselig. Aber er war schließlich unser einziges Kind und ein guter Junge."

Bernauer begriff, nun ging es an des Pudels Kern.

„Uns bleibt natürlich jetzt der ganze bürokratische Kram, von dem wir leider keine Ahnung haben, und man erwartet natürlich auch, dass wir uns um den Nachlass kümmern, obwohl wir da keinerlei Einblick haben. Wie wird das nun ablaufen?"

Aber zumindest soviel Einblick, dass sie sich gut und teuer herausgeputzt hatten, konnte diesen Leuten kaum abgesprochen werden.

„Darüber brauchen Sie sich vorerst keine Gedanken machen", sagte er ruhig, „damit werden sich die Nachlassgerichte in Italien und Österreich noch einige Zeit beschäftigen."

„Aber wir sind die einzigen Verwandten", blaffte der Vater aggressiv.

„Vermutlich. Hatten Sie Kontakt zu ihm?"

Die Tränen der Mutter schienen plötzlich versiegt zu sein.

„Nicht nur vermutlich, es ist Tatsache, wir sind die einzigen Blutsverwandten."

Dann überlegte sie.

„Nun ja, Kontakt sagen Sie? Es wird so gegen Zweitausenddrei oder etwas später gewesen sein, Oswald wurde da in eine Sache hineingezogen, bei der er für andere den Kopf hinhalten sollte."

„Logisch, der dumme Bub ist ihnen in die Falle gegangen", mischte sich der Vater ein.

„Und wohin ist er verschwunden?"

Hedwig Tauber beschäftigte sich nun wieder mit ihren Tränen.

„Zur Fremdenlegion, er hätte ja ohnehin keine Chance mehr gehabt, der dumme, arme Kerl."

Bernauer empfand jetzt beinahe Respekt vor den beiden, diese Antwort war geradezu genial in ihrer Unwiderleglichkeit. Auf diese Idee musste man erst einmal kommen.

„Und wie kam er später zu seinem luxuriösen Besitz?"

„Man wird bei der Legion sehr gut bezahlt und er war ja sprachlich so begabt, solche Leute werden auch dort für wichtige Dinge benötigt", fuhr sie auf, besann sich aber schnell wieder auf die Rolle der trauernden Mutter und beschäftigte freudlos ihr Taschentuch.

„Wenn man diesen Horror erst überlebt hat, ist jeder blutige Cent mehr als ehrlich verdient."

„Nur hat er durch die Fremdenlegion automatisch die österreichische Staatsbürgerschaft verloren", stellte Bernauer boshaft fest.

Damit dürften die beiden nicht gerechnet haben, aber Josef Tauber fand die Sprache schnell wieder.

„Es gibt nichts Absurderes als diesen Behördenkram", sagte er, „er war unser Sohn und blieb es, Staatsbürgerschaft hin oder her. Können wir ihn sehen?"

„Die italienischen Behörden werden sich an Sie wenden."

„Das hätte man sofort tun müssen, die typische Schlamperei der Italiener, wenn einer nicht mehr zu melken ist. Dabei hat er diesem Staat pünktlich eine Unmenge an Steuern bezahlt, also worauf warten diese Pizzabäcker noch, da gibt es nichts mehr zu holen."

„Gar nichts mehr, denn da ging alles haarklein nach dem Gesetz", bekräftigte die Mutter.

„Außer, vielleicht die Erschleichung der Italienischen Staatsbürgerschaft und die vermutlich absichtliche Verschleierung seiner Identität im Zusammenhang mit einer oder mehreren Straftaten, der Rest wird sich noch finden. Wie hätte man Sie außerdem benachrichtigen sollen? Oswald Tauber war dort unbekannt."

„Zu all dem wurde er sicherlich gezwungen, man kennt ja diese Mafiamethoden. Aber nachher wenigstens hätten die sich dazu bequemen können, wo doch jetzt die Sache ihre Richtigkeit hat."

„Und wie erklären Sie sich seine Gesichtsoperation?"
„Na, wegen der Verwundungen von der Legion her, kein Mensch möchte entstellt leben."

Wenn sich Bernauer von diesem Gespräch auch nur ein wenig Aufklärung erhofft hatte, so erkannte er jetzt, dass es sinnlos gewesen war. Diese gierigen kleinen Schmarotzer vergeudeten lediglich seine Zeit und Oswald Tauber hatte bei diesen Eltern zweifellos die beste Ausbildung für seine spätere zwielichtige Karriere genossen.

Kurze Zeit nach diesem Gespräch hatte das Nachlassgericht dem Verkauf des Rittner Hauses aus der Erbmasse nach Oswald Tauber zugestimmt. Es war mit Zustimmung der Eltern Taubers durch Graf Siefenthal erworben worden. Offensichtlich war der italienische Staat an einer Klärung des Falles Tauber beziehungsweise Catuzzi nicht mehr wirklich interessiert. Er hatte zwar die Staatsbürgerschaft auf unrechtmäßige Weise erworben, sich dann aber finanzrechtlich nichts zu Schulden kommen lassen und war damit für dortige Verhältnisse ziemlich bedeutungslos geworden. Vielleicht hatte es aber auch durch maßgebliche Persönlichkeiten zweckdienliche Interventionen gegeben.

„Diese Causa hätten wir also erfolgreich an uns gezogen", stelle Hofrat Sassmann erbittert fest.
„Das Erbschaftsverfahren ist zwar nicht unsere Sache und sollte das Ehepaar Tauber hier noch einmal auftauchen, müsste ich etwas deutlicher werden, als bei deren ersten

Besuch, aber dass die Mordermittlungen für den missratenen Sohn zum überwiegenden Teil jetzt uns überlassen werden sollen, ist gelinde gesagt eine Zumutung", bekräftigte Bernauer erbittert.

Leider war die Übernahme des Falles unumgänglich und Bernauer wusste, dass er sich jetzt mit Geduld und Gleichmut zu wappnen hatte, da der Tod Taubers alias Catuzzi vermutlich der einzige Anhaltspunkt für die Aufklärung des Mordes an dem Justizbeamten war.

„Sehr viel wird aus Bozen nicht mehr zu erwarten sein, nachdem man Ihnen den Akt bereits zukommen ließ und sogar in die deutsche Sprache übersetzt hat", mutmaßte Sassmann.

Bernauer griff zum Hörer und ließ sich mit Commissario Foscari in Bozen verbinden.

„Leider", sagte Foscari, „haben wir bisher noch keinen Erfolg gehabt. Die Gäste der Festlichkeit in der Villa Catuzzi gehören allesamt der oberen Gesellschaftsschicht an und verkehren nur über ihre Anwälte mit uns. Der Sekretär und die Wirtschafterin Catuzzis haben das Haus verlassen, da sie von Graf Siefenthal, als er die Villa kaufte, abgefertigt und gekündigt wurden. In der gesamten Sache ist außer der Mordermittlung das Verfahren eingestellt, die finanzrechtlichen Dinge werden geschlossen an Österreich abgegeben."

„Wer hat da wohl an der Uhr gedreht?" fragte sich Bernauer. „Aus und Amen, das stinkt ja förmlich nach einer mächtigen Intervention."

„Und Sie Commissario?" fragte er. „Wären Sie noch an der Aufklärung interessiert?

„Uberaus, stimato collega, ich lasse mich nicht gern an der Nase herumführen."

So wie die Dinge nun lagen, musste Bernauer seinen Bozener Kollegen auch in diejenigen Ereignisse einweihen, die ihm selbst nicht ganz geheuer waren, wie die Erlebnisse von Iris Adler mit der Alten im Weingarten von Eppan und auch, dass er letztlich Schlüsse daraus gezogen hatte, die zu einem guten Teil aus Vermutungen bestanden, zum anderem seinem Bauchgefühl entsprungen waren.

Foscaris Einstellung war da weniger differenziert und wesentlich südländischer. Warum sollte man bewährte Gefühle eines erfahrenen Ermittlers formaljuristisch vernachlässigen, indem man ihnen nicht nachging? Besonders die Geschichte der beiden Schwestern aus den Abruzzen erschien ihm sehr undurchsichtig und er erklärte sich bereit, der Sache nachzugehen.

Foscari benötigte genau zwei Tage, um den ersten Erfolg seiner Recherchen einzufahren.

Die beiden halbwüchsigen Mädchen waren seinerzeit, vermutlich von Portugal her, aus noch nicht geklärten Gründen in ein abgelegenes Dorf östlich von Campotosto im abruzzischen Apennin gebracht worden, wo man sie einer Vertrauensperson, einem dort ansässigen Sägewerksbesitzer, übergeben hatte. Die Mädchen wurden von ihm zwar nicht adoptiert, aber es kam zu einer Namensgebung. Die ältere der Schwestern hatte später den Neffen des Sägewerksbesitzers geheiratet und war mit ihm auf das Weingut in Kaltern gezogen, wo der Mann schon längere Zeit vorher als Verwalter beschäftigt gewesen war. Diesen Weinberg hatte später der Zahnarzt Dr. Zillner aus Salzburg käuflich über-nommen.

Das jüngere Mädchen blieb auch nach dem Tod des Zieh-vaters am Hof dessen Sohnes in den Abruzzen und über-siedelte letztlich mit ihm nach Eppan, nachdem er dort das Weingut geerbt hatte.

„Wie man hört", meinte Foscari verständnislos, „liegt das Abruzzen-Dörfchen über Campotosto im Gran-Sasso-Gebiet mit überaus rauem Klima, die Winter sind viel kälter als anderswo, und allein schon durch die Lage scheint die Zeit dort stehengeblieben zu sein. Wie kann man Kindern so etwas antun?"

Ob es sich bei den Mädchen tatsächlich um Portugiesinnen gehandelt habe und warum sie in eine derart entlegene Landschaft gebracht wurden, konnte Foscari zwar noch nicht in Erfahrung bringen, da es offenbar keine lebenden Zeugen gab, doch er versprach, sich weiter um die Sache zu kümmern.

Dr. Solveig Gundlach hatte Hofrat Sassmann sehr herzlich für sein Interesse an der Sache der Kinder in Afrika ge-dankt, ihm aber als Kontaktperson Graf Siefenthal genannt. Er sei das eigentliche Verbindungsglied des Vereins und sie würde ihn umgehend informieren.

„Bernauer", sagte Sassmann gedehnt, „hier stimmt wahr-haftig einiges nicht. Unsere Lichtgestalt aus der Schönheitsfarm hat mich soeben abgewimmelt und zuständig für mich ist ab sofort der Graf von Luxemburg."

„Graf Siefenthal aus Meran", lachte Bernauer, „aber vermutlich ist er für unsere Zwecke genau so unergiebig."

Foscari hatte inzwischen einen weiteren Treffer gelandet. In der Bibliothek, die im Pfarrhaus der kleinen Dorfkirche nahe Campotosto untergebracht war, hatte die Mesnerin unter den Amtsbüchern des verstorbenen Pfarrers, der seinerzeit auch privat die beiden Kinder unterrichtet hatte, diejenigen ledergebundenen Bände herausgefunden, die in akkurater Schrift Aufzeichnungen über die scheinbar elternlosen Schwestern enthielten.

„Die beiden Mädchen Julia und Violetta Bereta", schrieb der Pfarrer Anfang des Jahres 1962, „sind von guter körperlicher Konstitution und sollen aus einer Klosterschule in Porto gekommen, aber auch an einer Missionsstation bei Henrique de Carvalho im Distrikt Lunda North der portugiesischen Kolonie Angola unterrichtet worden sein. Aufgenommen wurden sie vom Sägewerkbesitzer Sauro Bereta. Die Familienzugehörigkeit ist ungeklärt und ebenso, warum es keinerlei persönliche Papiere oder Unterlagen für die beiden Kinder gibt, der Schätzung nach dürfte ihr Alter zwischen zehn und dreizehn Jahren liegen. Die Mädchen sind überaus intelligent und sprechen außer Portugiesisch auch Italienisch und Deutsch, beantworten aber keine Frage zu persönlichen Dingen. Violetta befindet sich zeitweise in Behandlung eines Nervenarztes, ist sehr verschlossen und neigt zu unkontrollierten Ausbrüchen. Auffällig ist, dass sie

sehr stark zu frömmelnden Fantasien neigt und daher für die Zukunft einer starken Hand bedürfen wird."
Eine weitere Eintragung hielt fest, dass bei einem besonders schweren Anfall Dr. Calotti aus Campotosto geholt worden war.

Über einige Jahre hinweg hatte dann der Pfarrer unter anderem weiterhin den Lernerfolg und die Entwicklung der Mädchen dokumentiert, ihr Fortschritt im Unterricht war ebenso gewissenhaft verzeichnet wie eine namhafte Spende eines anonymen Gönners zur Sanierung des Kirchendaches. Dies war also ziemlich sicher das Entgelt für die schulischen Unterweisungen, die die Mädchen durch den Pfarrer genossen hatten, aber wer mochte dieser unbekannte Wohltäter gewesen sein? Nach dem Tod des Priesters gab es dann nirgendwo mehr eine Erwähnung der beiden Schwestern.

„Hofrat", stellte Bernauer fest, „ich bin inzwischen der Überzeugung, dass uns Ermittlungen über das Leben der beiden Frauen in der Vergangenheit zumindest vorderhand weiter bringen als die Recherchen über diese vermutlich dubiose Kinderschutzvereinigung in Afrika."
„Meinen Glückwunsch, Bernauer", meinte Hofrat Sassmann sarkastisch, „Sie werden doch nicht etwa erwägen, selbst diesen Spuren durch Portugal und Angola zu folgen? Vielleicht sogar auch Portugiesisch zu lernen."
„Gott behüte", lachte Bernauer, „aber ich habe mich anderwärtig bereits etwas schlau gemacht."
„Dann entzünden Sie auch für mich diese Fackel."

„Da keine offiziellen Urkunden über Herkunft und sonstige persönliche Daten der beiden Frauen verfügbar sind, kann ich ihr Alter lediglich einschätzen und das könnte sich irgendwo um die Siebzig herum bewegen. Meine Überlegungen waren also folgende:

Da die Kinder nach den Aufzeichnungen des Pfarrers in den Abruzzen aus einer Klosterschule im Portugiesischen Porto kamen, wurden sie schon vorher in der Missionsstation Angolas unterrichtet. Das dürfte dann so ab 1955 gewesen sein.

Die von dem Pfarrer erwähnte Stadt Henrique de Carvalko wurde aber nach der Unabhängigkeit Angolas im Jahr 1975 in Saurimo umbenannt und ist die Hauptstadt des Distrikts Lunda North. Dort wird man daher ansetzen müssen.

Wie ich nun herausgefunden habe, existiert die einstmals etwa dreißig Kilometer nordwestlich gelegene einzige katholische Missionsstation nicht mehr, aber in ungefähr der gleichen Entfernung zum jetzigen Saurimo befindet sich CATOCA, die viertgrößte Diamantenmine der Welt. Ich könnte mir also gut vorstellen, dass sich unter portugiesischer Herrschaft die Missionsstation der einheimischen Bevölkerung, besonders aber derjenigen, die in den Minen von CATOCA geschuftet hat, annahm. Vielleicht hatte auch die Familie der Mädchen mit dieser Mine zu tun."

„Und wieder einmal haben wir das Ende der Fahnenstange erreicht?"

„Nein, diesmal nicht", antwortete Bernauer, „denn es ergibt sich, dass Saurimo auch der Sitz des zuständigen Erzbistums ist und daher beabsichtige ich, mich an das bischöfliche Ordinariat zu wenden und um Unterstützung zu bitten."

„Doch wohl nicht unter Hinweis auf die Mordermittlungen?"

„Natürlich nicht, und um der Angelegenheit einen humanitären Anstrich zu geben, würde es sich geradezu anbieten, wenn Sie, als an der Kinderhilfsaktion interessierte prominente Persönlichkeit, den Schriftverkehr führen würden."

Sassmann überlegte kurz, dann sagte er lächelnd:

„Sie sind ein Fuchs, Bernauer, aber diktieren Sie in Gottes Namen meiner Sekretärin, was immer Sie zu schreiben wünschen. Sie wird es mit meinem privaten Briefkopf auf Büttenpapier und meiner Unterschrift absenden."

Die Antwort aus Angola traf überraschend schnell ein.

Der Bischof danke sehr herzlich für das Interesse und man würde selbstverständlich gerne mitwirken, die Familienangelegenheit der beiden Kinder zu klären.

Grundsätzlich seien die Schriftlichkeiten aus der Mission in den Ablagekellern des Bistums gelandet, aber es lebe noch eine Nonne in einem Stadtkloster, die seinerzeit auch die Kinder dieses Hauses betreut habe. Sie sei sogar noch in so ausreichend geistiger Verfassung, dass man sich tadellos mit der Hochbetagten unterhalten könne. Angefügt waren dann auch noch die Kontaktdaten des Klosters.

Nach einem Telefongespräch mit der Leiterin des Ordens ging Bernauer schriftlich folgende Aussage der Schwester Immaculata aus der vormaligen Missionsstation zu:

Es habe sich bei den Kindern Julia und Violetta um die Töchter des Ehepaares Luis Filipe und Emilia Sousa gehandelt. Der Vater hatte sich im Auftrag der portugiesischen Regierung als Beauftragter der durch die Portugiesen gegründeten Firma DIAMANG mit seiner Familie in einer Siedlung nahe der CATOCA Mine niedergelassen. Sein Aufgabengebiet in dem damaligen Distrikt Lunda North lag in der

Produktionsüberwachung der Minen und der Ausstellung von Zertifikaten für die dort geschürften Diamanten.

Die beiden Mädchen wurden in der Mission unterrichtet und galten als überaus begabt.

Im März des Jahres 1961 wurden im Norden des Landes durch eine angolanische Befreiungsorganisation Handels- und Regierungsaußenposten als auch Bauernhöfe und andere zivile Ziele angegriffen, unter anderem auch die Missionsstation. Nur wenige konnten sich retten und es kam zu den abscheulichsten Gräueltaten. Im Vormarsch wurden europäische sowie afrikanische Frauen und Kinder enthauptet, es sollten dabei auch über tausend Weiße und eine unbekannte Zahl an Angolanern getötet worden sein.

Die beiden Mädchen hatte der Vater ohne jeglichen Kommentar aus der Schule geholt und sie, so weit die Information damals richtig gewesen sei, mit der Mutter nach Portugal geschickt.

Mit Herrn Sousa habe Schwester Immaculata dann keinerlei Kontakt mehr gehabt und auch vom weiteren Schicksal der Mädchen hätte sie nichts mehr erfahren.

Auf Grund dieser Aussage, zusammen mit den Tagebüchern des alten Pfarrers aus den Abruzzen, schien es für Bernauer naheliegend, dass der Sägewerksbesitzer Sauro Bereta später die beiden Mädchen aufgenommen und sofort unter seinem eigenen Namen hatte registrieren lassen, wodurch vermutlich ihre Herkunft verschleiert werden sollte. Konnte dies zum Schutz der Kinder geschehen sein?

Bernauer stand in der Judengasse vor der Auslage von Gehmacher und betrachte wiederum die unglaubliche Stehlampe, vor deren Ankauf ihn bisher lediglich der Preis abgehalten hatte. Da machte sich eine ihm bekannte Stimme bemerkbar:

„Schönes Stück, Major Bernauer, sind Sie am Überlegen?" Solveig Gundlach wälzte eine beachtliche Menge an eleganten Einkaufstüten neben ihn.

„Vielleicht", sagte er lächelnd, „Sie scheinen mir allerdings schon ziemlich ausgelastet zu sein."

„Das stimmt, aber ich brauche für den Schreibtisch noch einen originellen Fußschemel, eigentlich ein ledernes oder teppichüberzogenes Meditationskissen als Beinstütze, dieses Ding schenke ich mir heute noch selbst."

„Und wo steht Ihr Wagen?" grinste er.

„Den Hocker lasse ich mir selbstverständlich liefern, aber jetzt kommen Sie schon, ran an die Lampe."

Bernauer mochte einige Wochen der Überlegung hinter sich haben, für den Kauf des guten Stücks gab ihm Dr. Gundlach keine weiteren fünf Minuten.

„Ich hoffe, Sie bringen Ihre sperrige Eroberung gut nach Hause", verabschiedete sie sich.

„Es sind ja kaum hundertfünfzig Meter, zweimal Umfallen sozusagen."

„Na, na", lachte sie, „das sollten Sie schon schaffen."

Da Kausch-Palmers Auslandskonten bei der anonymen Anzeige bereits offengelegt worden waren und wegen der Schwere des Delikts, das sich jetzt neben einem Finanzstrafverfahren auf Entführung in Verbindung mit möglicherweise sogar zwei Morden ausgeweitet hatte, gab die Bank in Zürich ihre vorherige sture Zurückhaltung in der Kommunikation auf und legte die Finanzgebarung Dr. Kausch-Palmers offen.

Nach eingehender Überarbeitung der Unterlagen hatte ein regelmäßiger Kontoverkehr zwischen Dr. Kausch-Palmer, Silvio Catuzzi und Dr. Markus Zillner stattgefunden, wobei allerdings verschiedene Beträge für Catuzzi umgehend auf ein Luxemburger Konto überwiesen wurden.

„Würden Sie meinen, dieser Kausch-Palmer weilt noch unter den Lebenden?" rätselte Hofrat Sassmann.

„Ich denke schon", sagte Bernauer, „denn, wer hätte wohl einen Vorteil von seinem Tod? Niemand kann an seine Konten heran."

„Na ja", meinte Sassmann sarkastisch, „er selber aber jetzt wohl am wenigsten."

„Das ist schon richtig, vorderhand nicht, aber Catuzzi ist tot, Dr. Zillner ist durch den Diamantenschmuggel und seinen aufgeflogenen Geschäftsverkehr mit Kausch-Palmer höchst verdächtig und daher auch faktisch handlungsunfähig. Für mich war aber Catuzzi ebenso im Diamantengeschäft wie die beiden anderen.

Daher glaube ich auch, dass Kausch-Palmer lebt und zwar mit einem riesigen Vorteil: Er ist verschwunden, niemand weiß ob er noch lebt und wenn ja, dann wo? Es ist die Suche nach einem Phantom."

„Und wie werden Sie da jetzt weiter vorgehen?" fragte Sassmann neugierig.

„Vorerst wird mir Dr. Zillner umfassend Aufschluss über seine Geschäfte mit den beiden anderen Herren geben. Ein Zusammenhang ist ja nun nicht mehr zu leugnen. "

Obwohl Zillner noch nichts von der Auskunft der Zürcher Bank wissen konnte, hatte er sein Handy ausgeschaltet und die Ordination war Freitag ab Mittag so wie immer geschlossen.

Am Abend des selben Tages, als Bernauer gemütlich, aber hungrig im Café Getreidegasse saß und auf seine bestellten Rühreier mit Speck wartete, begann sein Handy zu klingeln. Er überlegte kurz, nahm aber dann doch das Gespräch an.

„Major", sagte die Polizistin aus der Wachstube im Präsidium, „eine Frau hat angerufen, in einer Wohnung am Waagplatz soll ein Zahnarzt ermordet worden sein. Die genaue Adresse ist .."

„Ich kenne sie", fiel ihr Bernauer ins Wort, „wer war die Frau?"

„Die Hausmeisterin, sie hat ausdrücklich nur nach Ihnen verlangt."

„Jetzt haben's den armen Herrn Doktor auch noch ermordet, die ausg'schamten G'fraster", sagte die Hausmeisterin, die ihn bereits an der Haustür empfing.

„Was hatten Sie denn heute noch in seiner Wohnung zu tun?" fragte Bernauer ausweichend.

„Na alles wie immer. Ich hab' die Wäsche geholt und die Streu für den Theseus gebracht. Ganz fertig war er, der arme Kerl, viel hat nicht gefehlt ..."

Aber Bernauer war bereits den Stufenabsatz hinauf geeilt. Dem Seelenschmerz des erschreckten Katers fühlte er sich im Moment noch nicht gewachsen.

Vor der Wohnung des Zahnarztes hatte sich ein Polizeibeamter postiert, die Spurensicherung und der Amtsarzt sollten in Kürze eintreffen.

Dr. Zillner kauerte niedergesunken über Sitzfläche und rechter Armlehne des dunkelroten Fauteuils, aus dem er sich vermutlich noch zu erheben versucht hatte, sodass sein Blut aus dem glatten Schnitt über dem Halsbündchen des schwarzen T-Shirts randlos vom roten Stoff des Polsterstuhls und dem überwiegend rotgemusterten Perserteppich aufgesogen worden war.

Zweifellos vermittelte die Szenerie sogar weniger das abstoßende Bild eines Mordes, als das eines opulenten Happenings in blutigem Rot, das der gnadenlosen Phantasie des Aktionskünstlers Nitsch entsprungen zu sein schien.

Vermutlich hatte der Arzt seinen Mörder sogar gekannt und ihm auch selbst die Tür geöffnet, denn es gab keinerlei Spur gewaltsamen Eindringens, noch dürfte sich Dr. Zillner bedroht gefühlt haben, denn im Raum herrschte unaufgeregte, pedantische Ordnung. Nur Theseus drückte sich verängstigt in den hintersten Winkel seines Körbchens.

Bernauer nahm sich vor, die Hausmeisterin später über die weitere Betreuung des Kätzchens zu befragen.

Was mochte hier nun tatsächlich vorgegangen sein? Handelte es sich bei dem Täter um denselben Mörder, der vor einigen Wochen während der Entführung Dr. Kausch-Palmers in der Ordination den Justizbeamten getötet hatte?

Vorerst konnte Bernauer lediglich auf den Bericht der Spurensicherung und das Obduktionsergebnis warten, also begab er sich in die Wohnung der Hausmeisterin im Parterre und dort blieb ihm leider keine Wahl, er wurde genötigt, Platz zu nehmen und Kaffee zu trinken.

Die resolute Frau gab zwar in strengem Ton Tatsachen verquickt mit ihren eigenen Vermutungen von sich, blieb aber im Wesentlichen beim Thema.

Sie wäre am Nachmittag einkaufen gewesen, berichtete sie, habe unter anderem auch die Katzenstreu für Theseus besorgt und dann die Wäsche des Arztes aus der Wäscherei geholt. Erst brachte sie die weißen Mäntel in die Ordination und dann die handgebügelten Hemden in Zillners Wohnung. Außerdem wollte sie anschließend Theseus noch ein frisches Kistchen bereiten.

Aber dazu war es nicht mehr gekommen. Die Katze hatte sie überraschend ängstlich aus ihrem Hochsitz angefaucht und musste zunächst beruhigt werden. Dann erst sah die Hausmeisterin den Grund für das ungewohnte Verhalten des Tieres, der Arzt kauerte zweifellos tot in seinem Sessel.

Ihr war allerdings nichts Ungewöhnliches aufgefallen, außer, dass die Wohnung nicht versperrt gewesen war, als sie die Hemden brachte, denn eigentlich pflegte sich Zillner um diese Zeit im Whiskey Museum, einer Bar in der Lederergasse am anderen Salzachufer, mit einer Gruppe von Freunden zu treffen, sonst hätte sie ihn auch nicht mit der Wäsche und der Katzenstreu belästigt.

„Also war er in seiner Wohnung verabredet", dachte Bernauer „und der Mörder hatte praktisch leichtes Spiel."

Inzwischen waren der Gerichtsmediziner und die Spurensicherung mit ihrer Arbeit fertig geworden. Im Moment konnte der Arzt nur bestätigen, dass Dr. Zillner die Kehle durchtrennt worden war, und dass dies höchstwahrscheinlich zu seinem Tod geführt habe. In der überaus gepflegten Wohnung gab es keinerlei Auffälligkeit, es mochte aber ein zweites Whiskyglas benutzt worden sein, da einer der fünf Tumbler der gut bestückten Bar zwar keine Fingerabdrücke, aber nach offenbar hastiger Reinigung Schlieren aufwies.

Der erste nützliche Hinweis kam eine Stunde später vom diensteifrigen Geist des zahnärztlichen Haushaltes. Kater Theseus hatte am rechten hinteren Fuß getrocknete Blutreste im Fell.
„Dort hat er sich nicht putzen können, weil ihm das Kreuz weh tut und er hatscht jetzt auch auf diesem Fusserl", sagte sie empört. „Nicht einmal vor dem unschuldigen Viehcherl macht das Gesindel halt."

Jetzt musste der geschundene Kater natürlich auch noch zur spurensichernden Untersuchung gebracht werden, bekam dann vom Tierarzt des Beinchen geschient und wurde in die liebevolle Pflege der hingebungsvollen Hausmeisterin entlassen.

Die forensischen Ergebnisse bestätigten lediglich die bereits vermutete Todesursache. Dr. Zillner war bis zu seinem gewaltsamen Ende von tadelloser Gesundheit gewesen. Zuletzt hatte er Whisky getrunken. Die linke Handfläche des Toten wies zwischen Daumen und Zeigefinger einen kleinen sauberen Schnitt auf.

Die Untersuchung der Blutkrusten aus dem Fell des Katers war dann allerdings von bescheidenem Erfolg gekrönt gewesen. Es handelte sich zwar um menschliches Blut, aber es stammte nicht von Dr. Zillner, sondern einer Frau.

„Entweder hat sich eine Mörderin während der Tat selbst verletzt, oder sie kam in Berührung mit Theseus Krallen", vermutete Hofrat Sassmann.

„Schwer zu sagen", meinte Bernauer, „Katzen putzen sich ja ständig, aber ich bin ziemlich sicher, dass der Täter oder die Täterin die Katze weggeschleudert oder sogar getreten hat, deshalb lahmte sie auch. Es käme aber durchaus auch noch ein weiterer beteiligter Mann in Betracht."

Wieder in sein Büro zurückgekehrt ließ sich Bernauer mit Commissario Foscari auf der Questura in Bozen verbinden.

„Was gibt es Neues?", fragte er.

„Wir sind noch keinen Schritt weitergekommen. Graf Siefenthal ist dabei, das Haus Catuzzis sanieren zu lassen, wer dann darin wohnen wird, weiß man aber nicht."

„Vielleicht behält er es auch für sich selbst, als Sommerquartier. Hat er keine Kinder?"

„Nein, und seit dem Tod seines Vaters pflegt er auch nur noch Kontakte, die sich auf Bridge beziehen. Es gibt zwar einen jüngeren Bruder, aber der lebt, glaube ich, irgendwo in Kenia und betreut Wildtiere. Er war immer das schwarze Schaf der Familie und ist über die ganzen Jahre her nur wieder zur Beerdigung des Vaters erschienen. Da soll er sogar ein Löwenbaby dabei gehabt haben."

„Dann wird es auch kaum jemanden geben, den man befragen könnte."

„Vielleicht die Ärztin aus Salzburg, sie soll ja so etwas wie eine Nichte sein. Könnte aber genau so gut einer Affäre des Altgrafen entsprungen sein, dem Vernehmen nach war er absolut kein Kostverächter. Saß allerdings schon im Rollstuhl als er vor noch gar nicht so langer Zeit verunglückte."

„Was ist denn passiert?"

„Ein Unfall. Der alte Herr liebte den ruhigen See zwischen den Weinstöcken am Ende des Nachbargrundstücks und hielt sich bei Schönwetter gern und lange am Anlegesteg auf. Einmal musste er dann unvorsichtig mit dem Rollstuhl umgegangen sein und ist während der kurzen Abwesenheit seines Chauffeurs in den See gestürzt und ertrunken."

„Und wo war der Fahrer?"

„Der Graf hatte ihn zum Wagen geschickt, in einem Kühlschrank lag da immer eine Flasche seines Lieblingsweins. Dieser Mann ist über dreißig Jahre im Dienst des Grafen gestanden und war sein einzig wirklicher Vertrauter. Er brach nach dem Unglück völlig zusammen und dürfte sich dem Vernehmen nach auch nicht mehr richtig erholt haben."

„Dann wäre es für Siefenthal Junior tatsächlich sinnlos, seine Burg zu verlassen, wozu auch. Vielleicht geschieht der Hauskauf am Ritten und die Renovierung bereits für jemanden, den man noch nicht kennt."

„Möglich, aber dafür sind wir Gott sei Dank nicht mehr zuständig", meinte Foscari erleichtert.

„Vielleicht doch, denn ich habe da noch einiges auf Lager."

„Ich bin ganz Ohr."

„Der Zahnarzt Dr. Zillner, der ein Weingut in Kaltern besessen hat, ist am vergangenen Freitag in seiner Wohnung ermordet worden, ihm wurde die Kehle aufgeschlitzt. Außer Blutresten eines weiblichen Wesens auf der Pfote seiner Katze haben sich aber keine Spuren einer Täterin gefunden, einer vermutlichen natürlich."

„Eine Mörderin?"

„Möglicherweise, aber leider haben wir auch kein Material zum Vergleich. Jedenfalls war der Mörder oder die Mörderin aus dem näheren Bekanntenkreis des Arztes, denn man hat, das ist ebenfalls eine Vermutung, vorher zusammen Whisky getrunken. Ein Glas auf dem Sideboard war nämlich nur sehr schlampig gereinigt worden, vielleicht vom Täter, der es dann verständlicherweise eilig hatte."

„Kennt man weibliche Wesen aus seinem näheren Umfeld?"

Lustlos zählte Bernauer das magere Ergebnis auf:

„Da wäre die Sprechstundenhilfe und die Hausmeisterin, wer sonst noch in Frage käme? Vielleicht auch die angebliche Sprechstundenhilfe, die seinerzeit an der Entführung von Kausch-Palmer und der Ermordung des Justizbeamten in der Ordination mitgewirkt hat, aber sie wurde bis jetzt nicht gefunden."

„Wirklich sehr dünn", bestätigte der Commissario.

Als Bernauer Foscari anschließend über das Gedächtnisprotokoll der Nonne in Saurimo und über die geschäftliche Verflechtung der Schweizer Konten von Catuzzi, Dr. Zillner und Dr. Kausch Palmer in Kenntnis gesetzt hatte, vermutete der Italiener sofort einen Zusammenhang zwischen den Morden an Catuzzi in Bozen und Zahnarzt Dr. Zillner in Salzburg sowie der Vergangenheit der Schwestern Julia und Violetta Bereta.

„Ich werde mir die beiden vorladen", sagte er.

„Vielleicht befragen Sie zuerst die ältere Julia", sagte Bernauer, „mit ihr kann man, denke ich, vernünftig reden."

Aber Foscari wehrte ab.

„Im Gegenteil", sagte er überzeugt. „Ich werde Violetta vorladen, dann wird Julia sehr schnell alles daransetzen, zuerst mit mir in Kontakt zu kommen."

Und Foscari sollte recht behalten. Am Tag, nach dem die Vorladung an Violetta Bereta hinausgegangen war, rief Julia in der Questura an.

„Was haben Sie sich eigentlich dabei gedacht, meine Schwester zu belästigen", sagte sie wütend, „Violetta ist eine schwer nervenkranke Frau, möchten Sie sie in den Wahnsinn treiben und außerdem, was wollen Sie überhaupt von ihr?"

„Ich verstehe nicht", gab Foscari ruhig zur Antwort, „niemand bedroht Ihre Schwester, es geht lediglich um eine der üblichen Zeugenaussagen oder gibt es da einen besonderen Grund, dass sie sich darüber aufregen müsste?"

„Handelt es ich um den Fall Catuzzi oder ermitteln Sie wegen Dr. Zillner? In beiden Fällen gibt es nichts, worüber Violetta Bescheid wissen könnte."

„Dies festzustellen werden Sie tunlichst der Polizei überlassen", goss Foscari bedächtig Öl ins Feuer.

„Dann geht es vielleicht um die Österreicherin?"

Foscari schwieg.

„Commissario, Sie sind doch Commissario?" versicherte sich Julia, fuhr aber sofort mit ruhigerer Stimme fort: „Natürlich habe ich es nicht so gemeint, ich bin nur sehr in Sorge, meine Schwester ist wie ein Kind."

Als von Foscari noch immer keine Antwort kam begann sie vorsichtig die Scharte auszuwetzen:

„Ließe es sich nicht wenigstens machen, dass Sie zuerst mit mir ein Gespräch führen? Es würde dadurch alles sehr viel verständlicher werden."

Mehr hatte Foscari nicht erreichen wollen.

„Wenn Sie es für nützlich erachten, warum nicht? Ich bin morgen den ganzen Tag im Büro, wenn Sie da herkommen möchten?"

„Danke", sagte sie merklich erleichtert, „also morgen Vormittag, wenn es Ihnen Recht ist."

Gegen zehn Uhr des nächsten Tages wurde Julia Bereta durch einen Beamten ins Büro Foscaris gebracht.

Sie trug ein gut geschnittenes schwarzes Leinenkostüm, cognacfarbene Schuhe und ebensolche Handschuhe.

Ruhig nahm sie auf dem angebotenen Stuhl neben dem Schreibtisch Foscaris Platz, stellte ihre Tasche von Louis Vuitton vor sich auf den Fußboden und schob sie dann achtlos mit dem Fuß zur Seite.

Der Commissario verzeichnete sofort die ungekünstelt lässige Art Julias, mit ihrer kostspieligen Habe umzugehen. Vermutlich hatte Dr. Zillner seine Angestellte also überaus akzeptabel entlohnt.

„Können Sie es meiner Schwester wirklich nicht ersparen hier zu erscheinen?", fragte sie, als man zur Sache kam.

„Vielleicht erklären Sie mir zuerst der Einfachheit halber selbst, warum Ihre Schwester nicht behelligt werden sollte, dann wird man weiter sehen."

Julia richtete sich auf.

„Dazu müssten Sie unsere Vergangenheit kennen, wir haben aber nie darüber gesprochen."

„Sind Sie sicher, dass Sie es jetzt tun wollen?"

„Ich habe immer befürchtet, es irgendwann tun zu müssen. Jetzt habe ich, wie es scheint, keine Wahl."

„Unser Vater", begann sie, „war Portugiese. Violetta und ich sind in Lissabon geboren. Vater stand im Dienste der portugiesischen Regierung, in deren Auftrag wir nach Lunda North, den nördlichen Distrikt Angolas übersiedelten. Es gab dort in der Nähe der Diamantenmine CATOCA eine kleine feine Siedlung für Portugiesen, die einen Teil der Verwaltungsagenden Portugals wahrnahmen. Angola wurde nämlich damals noch als portugiesische Überseekolonie betrachtet und Vater hatte für die Firma DIAMANG die Produktion der Minen und die Ausstellung der Zertifikate für die geschürften Diamanten zu überwachen.

Als ich ins Schulalter kam, wurde ich auf der nahen Missionsstation unterrichtet und später dann auch Violetta. Alles ging vorzüglich, bis 1961 eine der angolanischen Freiheits-, oder besser gesagt Terrortruppen, begann, die Minen zu annektieren. Als bekannt wurde, unter welchen Grausamkeiten die Guerillas gegen die Minen vorrückten und dabei knapp vor CATOCA standen, holte uns mein Vater aus der Mission und wollte nach Portugal zurückkehren.

Leider zu spät, wir waren bereits eingekesselt und die Siedlung wurde zum Schauplatz eines ungeheuren Massakers. Frauen und Kinder wurden geköpft und dann öffentlich ausgestellt. Zivile Portugiesen sowie Angolaner hatte man gefoltert und zur Zwangsarbeit in die Minen geschleppt, einen Großteil aber sofort an Ort und Stelle abgeschlachtet.

Vater gelang es nicht, diesen Anblick vor uns Kindern zu verbergen, im Gegenteil, man hatte besonderen Wert darauf gelegt, dass die Familie alles überdeutlich mitbekam. Violetta hatte aus nächster Nähe zugesehen, wie einer der Arbeiter, den man beschuldigt hatte einen Rohdiamanten geschluckt zu haben, mit der Machete gefoltert worden war. Sie erbrach sich über den Exkrementen des sterbenden Mannes und wurde ohnmächtig.

Der einzige Grund, warum wir beide am Leben geblieben sind war der Umstand, dass Vater offiziell die Mine verwaltete. Um sich seiner Stellung bedienen zu können und damit legal die räuberische Ausbeutung der Mine und den ungestörten Verkauf der Diamanten betreiben zu können, war ihm von den Terroristen angeboten worden, dass, wenn er seine Stellung beibehalten würde und für einen weiteren reibungslosen Ablauf der Geschäfte im Sinne des Terrors sorgen würde, unsere Mutter, meine Schwester und ich sicher nach Portugal ausreisen dürften. Dieses Zugeständnis wurde ihm am dritten Tag des Massakers gemacht und Vater nahm gezwungenerweise auch sofort an.

Wir flüchteten dann umgehend nach Porto, denn dort hatte Mutter noch eine ältere Tante. Die Großeltern waren schon vor Jahren nach Brasilien ausgewandert.

Vater schickte auch regelmäßig Geld aus Angola und so konnten Violetta und ich die private Klosterschule in Porto besuchen. Es ging uns dort auch wirklich gut.

Allerdings zeigte sich sehr bald, dass Violetta die schrecklichen Erlebnisse in Angola seelisch nicht verarbeiten konnte. Sie war auch viel zu klein gewesen um zu verstehen, warum Vater zurückgeblieben und uns sozusagen weggeschickt hatte. Ständig schrieb sie Briefe an ihn und verdächtigte schließlich die Nonnen, ihr Vaters Briefe zu unterschlagen. Sie schrie immer öfter grundlos auf, legte sich abends auf die Altarstufen der Klosterkirche und konnte von dort nur mit Gewalt weggebracht werden. Ein Nervenarzt wurde beigezogen, aber dann begann Violetta plötzlich, fremde Menschen anzusprechen, glaubte oft in ihnen den Vater zu erkennen, um dann Gräueltaten zu erzählen, die sie gesehen hatte, denen aber natürlich niemand Glauben schenkte.

Zumindest dachten wir das, aber ganz offensichtlich stellten wir als Zeitzeugen jetzt wieder eine massive Bedrohung für die Guerillas dar. Man hatte uns also im Auge behalten.

Und damit begann der Schrecken von Neuem. Als Mutter und Tante eines Nachts im Teich hinter dem Haus ertranken, blieben Violetta und ich sicherlich nur deswegen verschont, weil wir nach einem Fest im Kloster bei den Nonnen übernachtet hatten.

Also mussten wir endgültig von der Bildfläche verschwinden.

Mit Hilfe der Nonnen brachte man uns bei Nacht und Nebel in ein kleines Nest in den Abruzzen, wo sich Fuchs und Hase gute Nacht sagen und der Sägewerksbesitzer, bei dem wir untergekommen waren, gab uns seinen Namen, eine

Adoption wäre schon wieder zu gefährlich gewesen, denn es durfte keinerlei Verbindung zu unserer Vergangenheit geben. Persönliche Papiere waren daher vorsichtshalber schon vor unserer Deportation vernichtet worden.

In dem kleinen Nest bei Campotosto hatten wir allerdings ein gutes Leben, der Pfarrer nahm sich unserer an und langsam vergrößerte sich der Abstand zu dieser fürchterlichen Vergangenheit. Nur die Sorge um Vater war quälend. Was mochte sich jetzt in der besetzten Mine abspielen? Natürlich musste ich Violetta zu unserer eigenen Sicherheit streng verbieten, jemals darüber zu sprechen oder Vater zu erwähnen, aber leider kam sie dadurch nun erst recht zu der irrigen Auffassung, Vater hätte uns abgeschoben, weil er nichts mehr mit uns zu tun haben wollte.

Tatsache ist, dass wir ihn nie wieder gesehen haben und auch er selbst hat unseren Aufenthalt zu unserem Schutz nicht erfahren. Wie es dann zu den Unterhaltszahlungen kam, hat man uns nicht mitgeteilt."

„Den Rest", sagte sie resignierend, „kennen Sie ja vermutlich. Ich habe geheiratet und bin nach Kaltern gezogen, Violetta kam später mit dem Sohn unseres Ziehvaters nach Eppan."

Fragend sah sie Foscari an: „Was gäbe es für Violetta denn jetzt noch auszusagen?"

„Ich werde Violetta weitestgehend schonen", sagte er, „allerdings nur im Gegenzug für die volle Wahrheit. Dr. Zillner ist ja nun ebenfalls ermordet worden und ich brauche die Zusammenhänge. Wie lief die Sache mit Ihrem Vater weiter? Welche Rolle hat Dr. Zillner in der Sache gespielt?"

Julia Bereta überlegte.

War sie womöglich mit in diverse Machenschaften verwickelt worden, fragte sich Foscari. Konnte sie überhaupt darüber reden, ohne sich selbst zu gefährden oder zu belasten?

Egal, er brauchte jetzt eine vollständige Aussage für Bernauers Mordermittlungen in Salzburg.

„Also, gut", sagte sie „Dr. Zillner ist tot und die Wahrheit, so weit ich sie kenne, wird sich ohnehin nicht mehr lange verheimlichen lassen.

Sie richtete sich auf.

„Werden Sie dann meine Schwester aus der Sache herauslassen? Sie hat nichts damit zu tun."

„Das wird zum überwiegenden Teil von Ihnen abhängig sein."

Und ihrem Gesichtsausdruck nach war Julia fest dazu entschlossen, ihren Teil zu Violettas Gunsten beizutragen.

„Dr. Zillner", begann sie, „war am Handel von Rohdiamanten aus Angola und Sierra Leone beteiligt. Einzelheiten kenne ich nicht, aber dass Dr. Gundlach, die Sie ja bereits kennengelernt haben, als Verbindungsglied fungiert hat, ist sicher. Sie hat hier in Bozen die Kontakte wahrgenommen und Dr. Zillner trat lediglich als Privatperson auf. Außer Dr. Gundlach, die ihn gelegentlich in seinem Weingut aufsuchte, hatte er offiziell keinerlei persönlichen Kontakte in diesen Angelegenheiten."

„Kannte Dr. Zillner Silvio Catuzzi?"

„Mag sein, aber bekannt ist mir davon nichts."

Foscari glaubte ihr nur zum Teil, vor allem aber war er sicher, dass er nur einen Bruchteil von den Dingen, die sie wusste, zu hören bekommen hatte.

„Brauchen Sie Violetta jetzt wirklich noch? Sie sehen doch selbst, dass kein vernünftiger Mensch sich auf meine Schwester eingelassen und sie womöglich sogar in wichtige Angelegenheiten eingeweiht hätte."

„Man wird sehen", sagte Foscari.

Nachdem Bernauer von Foscari über die Aussage Julia Beretas informiert worden war, suchte er Hofrat Sassmann auf.

Als bei seiner Schilderung der Vernehmung Julias der Name Gundlach fiel, begann Sassmann mit dem Ringfinger der linken Hand auf die elegante Lederunterlage seines Schreibtisches zu tippen, steigerte aber die Intensität seines Tuns ganz enorm, als die Anschuldigungen gegen die Ärztin massiv zu werden begannen.

„Warum ich Sie in dieser Angelegenheit belästigen muss, Hofrat, ist der Umstand", schloss Bernauer seinen Bericht, „dass, wenn ich diese Sache jetzt lostrete, Sie die erste Person sein werden, bei der man sich beschweren wird, denn, wie Sie bereits seinerzeit festgestellt haben, bringt man sofort die öffentliche Meinung gegen sich auf, wenn man auch nur versucht, eine karitativ erscheinende Einrichtung zu hinterfragen. Um uns die Sache zusätzlich zu erschweren, wurden wir ja schon in offensichtlich weiser Voraussicht von der Gundlach zu ihrer Charity-Veranstaltung am Nereidenhof eingeladen."

Hofrat Sassmann erhob sich empört.

„Und dies auf eine Weise, die jede Absage von vornherein ad absurdum führte. Was schlagen Sie jetzt vor?"

„Nun", sagte Bernauer, „ich dachte folgendermaßen vorzugehen: Ich werde die Gundlach ersuchen, im Mordfall Dr. Zillner ins Präsidium zu kommen, denn möglicherweise könnte sie eine wertvolle Hilfe für unsere Ermittlungen sein. Ich werde ihr also einige Fragen stellen und dann so nebenbei vermuten, dass sich Catuzzi und Zillner vielleicht sogar gekannt hätten, da sie ja selbst den Arzt auf seinem Weingut besucht habe.

Warten wir einfach ihre Antwort ab und alles, was dann möglicherweise noch geschieht."

„Dies gäbe der Gundlach dann hoffentlich auch keinen Grund, bei mir intervenieren zu lassen."

„Das denke ich auch."

Der junge Polizist, der Solveig Gundlach ins Büro Bernauers führte, knallte bevor er den Raum wieder verließ, schwungvoll die Haken zusammen und sah noch einmal schmachtend in ihre Richtung.

„Da dürften kaum Zweifel bestehen, dass diese Respektsbezeugung nicht mir sondern der Lady gegolten hat", dachte Bernauer amüsiert, begrüßte die Besucherin und bat sie Platz zu nehmen.

Solveig trug ein weißes Seidenkostüm im glamourösen Stil der Stars aus den fünfziger Jahren. Der Saum des enggeschnittenen Rockes lag gut eine Handbreit unter dem Knie, wodurch die zierlichen Fesseln über den hochhakigen Louboutins erfolgreich zur Geltung kamen und der breit ausladende Kragen über dem eleganten Dekolleté betonte vorteilhaft die schmale Taille.

„Ich fürchte", sagte sie, „es handelt sich jetzt nicht mehr um eine hübsche Lampe."

„Leider nicht", bestätigte Bernauer, „aber ich würde trotzdem gerne, wenn möglich, Ihre Hilfe in Anspruch nehmen."

„Selbstverständlich, wenn ich kann, natürlich."

„Es geht um die Ermittlungen zur Ermordung des Zahnarztes Dr. Zillner", sagte er, „es stand ja in allen Zeitungen."

Sie nickte.

„Ich weiß Bescheid."

„Kannten Sie ihn?"

„Nicht persönlich, aber ich glaube mich erinnern zu können, vor einiger Zeit im Rahmen einer Gesellschaft Wein auf seinem Gut gekauft zu haben. Leider war er damals nicht im Hause."

„Vermutlich nur die Frau, die seine Verwalterin ist, anscheinend sehr tüchtig, aber etwas verschlossen, hatte ich den Eindruck", sagte Bernauer.

„Ja, sie dürfte es gewesen sein, die uns begrüßte, geführt hat uns dann allerdings ein Mann."

„Dann tut es mir leid, dass ich Sie heute umsonst bemüht habe, ich hoffte nämlich sehr darauf, dass Sie Dr. Zillner gekannt hätten oder wenigstens wüssten, ob es eine Bekanntschaft zwischen den Herren Catuzzi und Dr. Zillner gegeben hat. Ich weiß natürlich, in Ihren Kreisen bleibt man gerne entre nous, daher kennt man sich auch zumeist."

„Vielleicht kannten sich die Herren ja peripher, sicher aber nicht so nahe, dass Catuzzi es mir gegenüber erwähnt hätte."

„Auch Graf Siefenthal hat Dr. Zillner nie erwähnt?"

Sie schüttelte den Kopf und lächelte nachsichtig.

„Wissen Sie, diese Clique ist nobel, aber naiv. Man kennt sich, aber man spricht nicht übereinander, erst recht nicht, wenn es um unliebsame Dinge geht.

Vielleicht hat Dr. Zillner auch keinen Kontakt gesucht, oder man hatte einen Zugezogenen nicht für erwünscht gehalten, Geld ist da kaum ein Kriterium."

Bernauer bohrte aus gutem Grund nicht weiter nach.

„Es wäre schön", sagte er, „wenn es heute noch mehrere Kreise gäbe, die ihre Seele nicht dem Kommerzteufel verkaufen würden."

Diese Frau, war er überzeugt, würde auf jeden Fall nicht zu diesen frommen Tugendpinseln gehören, er glaubte ihr nämlich kein Wort, aber wenigstens hatte er den Samen der Verunsicherung gesät. Vielleicht kam nun doch ein wenig Bewegung in die Sache.

Am nächsten Tag rief Commissario Foscari aus Bozen an.

Julia Bereta lag verletzt im Krankenhaus und hatte ihn dringend zu sprechen gewünscht.

„Wieso verletzt?" frage Bernauer.

„Man hat gestern Nacht versucht sie zu erwürgen, mit einer Drahtschlinge."

„Wer?"

„Das konnte sie nicht sehen. Sie war durch ein Geräusch geweckt worden und ging nach unten. Der Angreifer muss aus dem Wohnraum gekommen sein. Offensichtlich hatte er dort nach etwas gesucht."

„Aber wie ist sie ihm denn dann entkommen? War noch jemand im Haus?"

„Ja und nein." Foscari lachte meckernd. „Der alte Hofhund Jacko, der den Einbruch verschlafen hatte, wurde durch das Handgemenge endlich wach und biss letztlich den Fremden an einer Stelle, die dann stark geblutet haben musste. Wahrscheinlich aber eher aus Ärger darüber, dass er in seinem Schlaf gestört worden war, als in Verteidigungsabsicht. Jedenfalls lief der Angreifer weg und die Blutspur verlief sich dann undeutlich im Rasen."

„Mein Gott", sagte Bernauer, „das habe ich nicht gewollt und natürlich auch nicht vermutet."

„Wieso", fragte Foscari, „besteht da irgendwo ein Zusammenhang?"

Bernauer berichtete nun von seinem am vorigen Tag geführten Gespräch mit Solveig Gundlach.

Als Italiener überaus anfällig für Verschwörungen und konspirative Machenschaften hegte Foscari keinerlei Zweifel zwischen vermuteter Ursache und eingetretener Wirkung. Der Überfall auf Julia Bereta war für ihn die Folge des Gesprächs, das Bernauer mit der Gundlach geführt hatte.

Außerdem habe die Bereta jetzt darauf bestanden, sagte er, am nächsten oder übernächsten Tag, wenn sie eben wieder in der Lage sein würde zusammenhängend zu sprechen, ihre Aussage bezüglich der Diamantengeschäfte zu vervollständigen. Sollte das kein Beweis sein?

„Wir fahnden jedenfalls inzwischen nach einem Täter mit Hundebiss", stellte der Commissario fest.

„Aber Kompliment, Ihr Österreicher habt da schon sehr effektive Methoden, die Dinge hinterhältig ins Rollen zu bringen", sagte Foscari vergnügt. „Ein paar unschuldige Bemerkungen ganz nebenbei zu den Verdächtigen und schon läuft die Sache von allein. Ich melde mich dann, sowie die Bereta ausgesagt hat."

Zwei Tage später gab Julia Bereta zu Protokoll:
„Ich bin sicher, dass ich umgebracht werden sollte, weil ich einen Großteil der Zusammenhänge um den Tod von Catuzzi und seine Geschäfte mit Dr. Zillner kenne.
Mein verstorbener Ehemann war bereits mit der Verwaltung des Weingutes betraut, bevor es Dr. Zillner erworben hat. Der Vorbesitzer war nach einer Missernte in finanziellen Druck geraten, weil ihm die Bank überraschend den Kredit gesperrt hatte. Es wurde damals gemunkelt, Graf Siefenthal senior sei die treibende Kraft hinter den Kulissen gewesen. Tatsächlich wurde das Gut als Standort illegaler Geschäfte benötigt.
Nachdem der Winzer zum Verkauf gezwungen worden war, wenn er nicht völlig ruiniert werden wollte, übernahm Dr. Zillner das Gut und ein Teil der illegalen italienischen Geschäfte lief über ihn. Ein Österreicher als Besitzer des Weingutes erregte in dieser Hinsicht keinerlei Verdacht und so lief der ganze Handel nun über ihn. Die gesamte Machenschaft war deswegen notwendig geworden, weil Silvio Catuzzi, der bis dorthin diese Agenden wahrgenommen hatte, offenbar aus der Reihe getanzt und unzuverlässig geworden war. Natürlich war mein Mann als Verwalter nach diesem Coup für Dr. Zillner absolut unabkömmlich, denn der musste sich, ob es ihm gefiel oder nicht, völlig auf ihn verlassen, da er selbst von der Führung eines Weingutes keine Ahnung hatte.

Obwohl die täglichen Geschäfte völlig unauffällig weiter liefen, hatte mein Mann mit der Zeit Verdacht auf gesetzwidrige Machenschaften geschöpft, so wie ihm unter anderem auch die unseriöse Art den vorherigen Besitzer auszubooten, zu denken gegeben hatte.

Der einzige Kontakt, den Dr. Zillner, pflegte wenn er sich in Kaltern aufhielt, war der zu einer Frau, die ihn gelegentlich, meistens am Morgen, besuchte.

Es hatte sich dann natürlich nicht vermeiden lassen, dass mein Mann sehr schnell herausfand, dass es sich um Dr. Gundlach aus dem Dunstkreis der Familie Siefenthal handelte und einmal, als Dr. Zillner die Frau zu ihrem Wagen gebracht hatte, lagen auf seinem Schreibtisch zwei Blanco-Zertifikate für Diamanten aus Angola. Er fotografierte die beiden Formulare zusammen mit der Tageszeitung auf Dr. Zillners Schreibtisch.

Als mein Mann zwei Jahre später an einem Aneurysma gestorben ist, habe ich seine Position eingenommen."

„Einfach so?" hatte Foscari gefragt.

„Ich habe natürlich ein offenes Wort mit Dr. Zillner gesprochen."

„Sie haben ihn sozusagen erpresst?"

„Nein, er hätte mich sowieso gebraucht. Ich war mit dem Betrieb vertraut und loyal in jeder Hinsicht.

Vor einigen Monaten wurde ich dann Zeuge eines Gesprächs, das anfangs kaum zu verstehen war, aber dann immer lauter wurde."

„Es tut mir leid", sagte die Frau, „aber er braucht das Geld jetzt."

„Das ist dann eure Sache", antwortete Dr. Zillner, „ich könnte mir nämlich vorstellen, dass ihr euch sehr wohl eine Rückversicherung vorbehalten habt."

„Und wie sollte die aussehen?"

„Mir egal, aber wenn nicht, könntest du beispielsweise das Verhältnis mit dem Tauber wieder aufnehmen. Mach ihn an."

„Ich bin doch nicht verrückt."

„Du könntest groß absahnen."

„Der Mann ist kein Idiot. Ich habe ihn schon einmal sitzen gelassen und in der gegenwärtigen Situation würde das Ganze doch absolut gegen den Wind stinken. Aber ich habe einen Fuß in der Tür. Ich weiß, wo der Schlüssel ist, also muss ich nur noch das Schloss dazu finden."

„Ach nein? Ich wüsste, wo ich zu suchen hätte."

„Sei versichert, ich auch."

„Dann solltest du dich aber beeilen", sagte Dr. Zillner, „ich kann mich nämlich des Eindrucks nicht erwehren, dass die Sache Catuzzis mit dem Salzburger Polizisten nur reines Theater war. Da ging es nicht mehr darum, den Kausch-Fall auszuloten, die hatten sich schon gefunden und ihren Deal privat abgeschlossen. Der beste Beweis ist doch, dass der Staatsdiener bereits mit dem Privatflugzeug ankommt."

„Du denkst also, die wollten uns mit einer Komödie Sand in die Augen streuen?"

„Genau das denke ich. Die wollen gemeinsam absahnen."

„Ich weiß nicht recht, ich halte diesen Bernauer eher für einen Bluthund, aber auch dann ist er näher dran, als uns lieb sein kann. Bevor er jedoch zum Zug kommt, muss Catuzzi Geschichte sein."

„Als dann die Tür aufging und die beiden aus dem Arbeitszimmer kamen haben sie mich natürlich gesehen, aber ob sie vermuteten, dass ich das Gespräch gehört hätte, wusste ich nicht. Jetzt allerdings bin ich sicher, dass es so war."

Sowohl Bernauer als auch Foscari war nach dieser Aussage klar geworden, dass Dr. Gundlach, wie von Bernauer geplant, durch das zwischen ihnen in Salzburg geführte Gespräch aufgescheucht worden war und nun damit rechnete, dass die Verwalterin Julia Bereta unter Druck die Wahrheit erzählen würde. Dass die Reaktion so schnell und vor allem so brutal ausfallen könnte, war weder vorauszusehen, noch erwünscht gewesen. Vor allem, wer war es, der so prompt versucht hatte die Zeugin Julia in Dr. Gundlachs Auftrag zu beseitigen?

„Wichtig wäre es meiner Meinung nach", sagte Foscari, „die Gundlach erfahren zu lassen, dass Julia Bereta bereits umfassend ausgesagt hat. Darin besteht nämlich die bestmögliche Chance für Julia, dass kein weiterer Anschlag auf sie verübt werden wird."

„Dafür werde ich sorgen", versicherte Bernauer, „ich hielte es inzwischen aber auch noch für notwendig, den ausgeschiedenen Sekretär Catuzzis noch einmal zu befragen. Vielleicht käme einiges zu Tage, wenn er erfährt, was wir inzwischen wissen. Ist seine Adresse bekannt?"

„Dies sollte kein Problem sein", meinte Froscati, „die Sache wird von uns erledigt."

Dr. Solveig Gundlach wirkte leicht verärgert, als sie der Vorladung folgend im Verhörraum Bernauer gegenübersaß. „Ist ein derartig formeller Aufwand notwendig?", fragte sie.

„Das ist er leider", antwortete er ernst, „die Vorzeichen haben sich nämlich grundlegend geändert."

„Wie geändert?"

„Es liegt nun eine protokollarische Aussage der Verwalterin Julia Bereta vor, die die Angelegenheiten Dr. Zillners in Kaltern in ein neues Licht bringen, aber vermutlich nicht gemacht worden wäre, hätte nicht nach dem Tag meines Gespräches mit Ihnen ein Mordanschlag auf Frau Bereta stattgefunden."

„Was habe ich damit zu schaffen?" fragte Gundlach gedehnt, „ich habe seit Wochen Salzburg nicht verlassen."

„Das ist mir bekannt, aber interessiert Sie die Aussage der Verwalterin Dr. Zillners denn überhaupt nicht?"

„Eigentlich nicht, ich kenne diese Frau ja kaum."

„Nun, das stellt sich jetzt doch ein wenig anders dar. Sie haben allerdings die Chance, Ihre eigene Aussage zu überdenken."

„Wenn Sie unbedingt darauf bestehen, fürchte ich, dass dies hier ein wenig länger dauern wird. Gibt es wenigstens die Möglichkeit eine Tasse halbwegs trinkbaren Kaffees zu bekommen?"

„Ich könnte Ihnen ein Glas Wasser offerieren."

„Dann kalt, wenn ich bitten darf."

Ungerührt nahm Dr. Gundlach die Aussage Julia Beretas zur Kenntnis und fragte dann in ironischem Ton:

„Und wer, außer der Verwalterin, behauptet dies noch?"

„Den Inhalt der Gespräche hat niemand bestätigt, aber, dass Sie Dr. Zillner des Öfteren aufgesucht haben, wurde durch einige Arbeiter der Kellerei bestätigt. Obwohl Sie Ihre Besuche meist schon sehr früh angesetzt hatten, wurden sie doch gelegentlich gesehen. In erster Linie aber war es Ihr Sportwagen, der das allgemeine Interesse erweckt hatte.“

Dr. Gundlach schwieg, doch dann schüttelte sie lautlos lachend den Kopf.

„Es ist einfach nicht zu fassen“, sagte sie, „wohin die Eifersucht führen kann.“

Sie lehnte sich zurück und schlug die Beine übereinander.

„Gut, Sie haben mich erwischt, ich habe Dr. Zillner gekannt und gelegentlich aufgesucht, wenn ich mich in Bozen aufgehalten habe“, schmunzelte sie, „aber das hatte mit Catuzzi und all den Dingen, die Sie in diesem Zusammenhang ermitteln, nicht das Geringste zu tun. Es handelte sich lediglich um ein ganz simples Verhältnis, eine Bettgeschichte, wenn man es so bezeichnen will. Mag es jetzt für Sie auch etwas altmodisch klingen, ich bestand darauf, das Ganze geheim zu halten, da ich in der Bozener Gesellschaft ein gewisses Ansehen genieße und das möchte ich nicht verlieren.“

„Das Ansehen der Jungfräulichen Königin?“

„Ich dachte, Sie sollten mich verhören und nicht verarschen“, schnappte sie gereizt, sprach dann aber ruhig weiter:

„Natürlich wusste ich, dass zwischen Dr. Zillner und Catuzzi gewisse Geschäfte liefen, die man vermutlich nicht an die große Glocke hängen würde, aber ich habe mich da immer herausgehalten und will auch jetzt nichts davon wissen. Natürlich ist mir nicht verborgen geblieben, dass Julia unser Verhältnis missbilligte, überdies eifersüchtig war und an den Türen lauschte, obwohl", erklärte sie geringschätzig, „sie als weibliches Wesen für Dr. Zillner nicht einmal existent war.

Zu denken geben mir allerdings die Worte, die sie mir bei ihrer Aussage in den Mund gelegt hat, abgesehen von den blödsinnigen persönlichen Ausschmückungen natürlich. Irgendjemand würde Geld brauchen, eine Rückversicherung müsste bestehen und offensichtlich", sie senkte geheimnisvoll die Stimme, „gibt es sogar einen Schlüssel zu einer Geldtruhe."

„Was gibt Ihnen dabei zu denken?"

„Dass es sich vermutlich tatsächlich irgendwie so abgespielt haben könnte, aber die Bereta die Beteiligte war. Jedenfalls weiß sie verdächtig gut Bescheid über die Geschäfte Catuzzis und Dr. Zillners. Da beide jetzt tot sind, steht sie offensichtlich allein im Kreuzfeuer derjenigen, die an das Geld heranwollen oder sie stellt nur mehr eine unnötige Last für die Hintermänner dar. Auf jeden Fall hatte sie jetzt die beste Chance, sich an mir zu rächen."

„Und sie wusste auch Bescheid über meine Person?", erkundigte sich Bernauer.

„Aber todsicher, als fliegender Commissario waren Sie doch für Catuzzi die Sensation. Darüber wurde natürlich gesprochen."

„Und unser Zusammentreffen im Laurin war ein rein zufälliges?"

„Für mich, ja. Ich besuche möglichst jedes Jazzkonzert, wenn ich in Bozen bin."

„Aber Catuzzi hat sich vor einiger Zeit nach einem privaten Bridgeclub in Salzburg erkundigt, den er anlässlich eines bevorstehenden dortigen Aufenthalts besuchen wollte. Es gibt nur einen einzigen, nämlich den in dem ich Mitglied bin. Warum hat er sich nicht bei Ihnen erkundigt, Sie sind doch Salzburgerin?"

„Hat er, aber ich kenne keinen, auch den Ihren nicht."

„War er mit Ihnen verabredet?"

„Auch, aber eigentlich hatte er vor, die Festspiele zu besuchen."

Bernauer bewunderte sie, sie hatte perfekt pariert und ihn damit überrumpelt. Falls all dem Bedeutung zuzumessen war, musste er jetzt versuchen, anderwärtig Beweise aufzutreiben. Besonders ärgerlich war nur, dass er nicht wusste, wer noch in diese Geschäfte verwickelt und vor allem dazu auch noch am Leben war.

So überzeugend und leicht ihn Dr. Gundlach auch abgewehrt hatte, sie musste gelogen haben. Aber, was war Dichtung, was war Wahrheit? Immerhin hatte Julia Bereta auch beachtliche Gründe, ihre Mitwirkung herunterzuspielen und im Grunde wusste er so gut wie nichts über sie, das auch bewiesen werden konnte.

Dr. Gundlach schien seine Gedanken zu erraten. Sie lächelte. „War das nun ein Verhör oder eine informelle Unterhaltung?", fragte sie.

„Es war ein Verhör", antwortete er, „auch wenn Sie die Angelegenheit etwas zu leicht nehmen."

„Ich werde mir zwanzig Peitschenhiebe verabreichen, wenn ich nach Hause gekommen bin, es sei denn, ich wäre festgenommen."

Sie erhob sich anmutig und reichte ihm die Hand.

„Was für ein schöner Tag", sagte sie, „und wir sind noch immer gute Freunde."

Ein leicht angedeutetes engelhaftes Lächeln in Richtung des ebenfalls im Raum anwesenden zweiten Beamten hatte zur Folge, dass er aufsprang, zur Tür lief, sie aufriss und grüßend Haltung annahm.

Sollte Bernauer die Zeugenaussage eines männlichen Wesens benötigen, die gegen Dr. Gundlach sprach, dürfte diese nur sehr schwer zu bekommen sein, soviel wusste er.

Commissario Foscari schien die Sache weniger zu berühren. Erstens hatte er mit derartigem gerechnet und zweitens auch Arturo Valzer, den Sekretär des verstorbenen Catuzzi, aufgestöbert.

Als Valzer erfuhr, dass jetzt auch ein Geschäftspartner Catuzzis ermordet worden war, erbat er sich einige Tage Bedenkzeit. Dann hatte er für sich entschieden, dass die Solidarität zu seinem verstorbenen Dienstgeber jetzt vom Schweigen in die Phase der Offenlegung gekommen war. Der Mann hatte ihn immer anständig behandelt und respektiert. Jetzt sollten sich diese Aasgeier, die ihn getötet hatten und jeden weiteren Konkurrenten aus dem Weg räumten, nicht frech seines Vermögens bedienen können.

„Ich habe", gab er zu Protokoll, „als Herrn Catuzzis Sekretär gewisse Einblicke in seine Geschäftsangelegenheiten gehabt, wenn auch beschränkt. Die Herren Dr. Zillner und Dr. Kausch-Palmer waren mir allerdings nur vom Namen her bekannt und zwar auf Grund des laufenden Bankverkehrs.

Dr. Solveig Gundlach schien nicht auf, war aber mit Herrn Catuzzi in persönlicher Verbindung. Eigentlich ging es hier, soweit vor mir offen gesprochen wurde, meistens um Angelegenheiten des Kinderhilfswerkes in Afrika.

In letzter Zeit schien sich jedoch das Klima geändert zu haben. Meinem Gefühl nach war Herr Catuzzi irgendwie bedrängt worden, aber er amüsierte sich ganz offensichtlich darüber. Wenn Frau Gundlach wieder einmal massiv auf ihn eingeredet hatte, lächelte er plötzlich und küsste ihre Hand, aber ihr war der Ärger darüber deutlich anzusehen."

„Aber worum es ging, wissen Sie nicht? Wenigstens andeutungsweise, man kriegt doch oft en passant einige Dinge mit."

„So genau auch wieder nicht, aber dass die Alarmanlage ausgeschaltet wurde, bevor man Herrn Catuzzi ermordet hatte, bei dem späteren Einbruch nichts gestohlen, aber Bodenbretter, Holzpaneele und Kästen verwüstet worden waren, brachte mich zu dem Schluss, man hätte ein Wertdepot gesucht. Wer nämlich weiß, dass es derartiges im Haus gibt, könnte doch die Nerven verloren und Herrn Catuzzi getötet haben, um sich dann gewaltsam Zugang zu dem gewünschten Inhalt zu verschaffen."

„Das halten Sie für möglich?"

„Nun ja", meinte der Sekretär in bedrücktem Tonfall, „gibt es nicht zu denken, wenn sich ein vermögender Mann so weit von der Aufmerksamkeit seiner Umwelt entfernt hat und dann durch die einzigen Person mit der er noch Kontakt hat, bedrängt wird?"

Foscaris Überlegungen streifte plötzlich ein Gedankenblitz.

Hatte nicht Julia ausgesagt, Dr. Gundlach hätte sich geäußert: ‚Ich weiß wo der Schlüssel ist, also brauche ich nur noch das Schloss dazu zu finden?'

Den Schlüssel musste natürlich Catuzzi besitzen, aber er war für Dr. Gundlach greifbar. Das passende Schloss musste also irgendwo in seinem Haus sein.

„Herr Valzer", sagte er ernst, „haben sie eine Ahnung wo sich das Versteck befinden könnte?"

Der Sekretär wich seinem Blick aus.

„Halten Sie sich vor Augen, dass die Menschen, die Ihren Chef und andere ermordet haben, über kurz oder lang finden werden, was sie suchen. Sollten sie wirklich genießen dürfen, was sie sich auf niedrigste Art angeeignet haben? Fühlen Sie sich da nicht solidarisch Herrn Catuzzi verpflichtet?"

Valzer sah aus, als verhandle er mit sich selbst.

„Es ist nur eine Vermutung", sagte er dann plötzlich, „ein Gedanke, der mir gekommen ist."

„Sie haben das Haus in Oberbozen ja selbst gesehen", versicherte er sich.

Foscari nickte.

„Als Herr Catuzzi die Villa gekauft hatte, ließ er sie aufwändig restaurieren, beziehungsweise umbauen. Im Zuge dessen wurde sie auch an die öffentliche Abwasserkanalisation angeschlossen.

Außerdem ließ der Chef an der südlichen Seite des Hauses die Orangerie für seine Orchideenzucht anbauen, die man dann direkt von der Eingangshalle her betreten konnte. Mit den Arbeiten wurden auch nur die besten Handwerker und Firmen aus Mailand und Trient beauftragt.

Anlässlich der Neuberechnung der öffentlichen Grundgebühren habe ich zur Überprüfung in die Originalbaupläne des Hauses geschaut und so nebenbei wahrgenommen, dass sich die Senkgrube unmittelbar unter der Orangerie befunden hat. Offensichtlich war sie zugemauert worden.

Ich habe das Ganze ebenso vergessen, wie ich es wahrgenommen habe, aber nach all den merkwürdigen Vorkommnissen und aufgrund der Tatsache, dass Graf Siefenthal, der ja der Onkel Frau Dr. Gundlachs sein soll, jetzt das Haus gekauft hat und umbauen lässt, hege ich den dringenden Verdacht, das gesuchte Versteck könnte die überbaute ehemalige Senkgrube sein. Wie man sie allerdings betritt, kann ich mir nicht vorstellen, vom Haus her sicherlich nicht."

Was Bernauer von Foscari da zu hören bekam, gefiel ihm außerordentlich.

„Kollege", sagte er anerkennend, „ich glaube, Sie haben eben das Ei des Kolumbus platziert. Jetzt kommt Struktur in die Geschichte.

Nehmen wir also an, die Bereta hat uns die Wahrheit, oder wenigstens überwiegend, gesagt, dann befindet sich das Versteck in Catuzzis ehemaligem Haus und wo sich der Schlüssel befand hatte die Gundlach gewusst. Ihre Spurensicherung hat aber keinen überzähligen Schlüssel gefunden, der zu keinem Schloss in der Villa gehört hätte. Also kann ihn nur jemand weggenommen haben, der von dessen Existenz wusste und das war nach Aussage der Bereta Dr. Gundlach. Sie ist es auch gewesen, die bei Dr. Zillner auf Herausgabe von Geld für jemanden, der es dringend brauchte, gedrungen hat. Auch der Sekretär Catuzzis hat sich in diese Richtung geäußert."

„Natürlich, wörtlich sogar."

„Commissario", meinte Bernauer, „ich habe da so eine Idee. Geben Sie mir ein wenig Zeit, ich möchte noch eine Erkundigung in unserer Gerichtsmedizin einholen. Kann ich sie die nächste Zeit zurückrufen?"

„Passt sehr gut, ich gebe Ihnen aber für alle Fälle noch meine Handynummer."

Eine Viertelstunde später rief Bernauer bereits zurück.

„Ich habe gefunden, was ich gesucht habe. Eine leichte Druckstelle in der kleinen Schnittwunde, die Dr. Zillner zwischen Daumen und Zeigefinger zugefügt wurde. Könnten Sie umgehend feststellen, ob die ähnliche Verletzung bei Catuzzi ebenfalls eine Druckstelle aufweist. Absolute Eile ist geboten, denn wie ich gehört habe, baut Siefenthal das Gebäude um oder restauriert es. Das muss sofort gestoppt werden."

Foscari reagierte prompt ohne weitere Frage und kurz darauf konnte er Bernauer bestätigen, was dieser vermutet hatte, auch Catuzzis Schnitt wies diese Druckstelle auf.

„Herrgott", dachte Bernauer, „warum habe ich mich angestellt wie ein Hornochse, als mir Iris nach der Charity am Nereidenhof ihre Beobachtung mitgeteilt hat, dass die Gundlach bei der Hitze als einzige ellbogenlange Handschuhe trug, und dann auch noch von ihrem eigenen ärztlichen Misstrauen bei fachgerecht gesetzten Operationsschnitten gesprochen hat?"

„Froscati", sagte er beschwörend, „Sie müssen wegen Gefahr im Verzug sofort den Um- oder Ausbau der Villa

Catuzzi stoppen und eine richterliche Verfügung erwirken. Hoffentlich ist es noch nicht zu spät."

„Wie soll ich das begründen?"

„Der Zugang zu dem gesuchten unrechtmäßigen Vermögen erfolgt hier offensichtlich nicht durch einen Schlüssel, sondern einen Mikro-Chip, der sich zwischen Daumen und Zeigefinger von Catuzzis Hand befunden haben muss. Irgendwo im Haus gibt es ein Abnahmegerät, sodass sich eine Türe öffnet, sobald der Chip dort angelegt wird. Die Druckstelle in der kleinen Schnittwunde zeigt nämlich deutlich, dass sich ein Fremdkörper in ihnen befunden hat. Genau so war es bei Dr. Zillner. Hier geht es dann allerdings um sein Haus im Weingut Kaltern.

Wer auch immer diese beiden Chips besitzt, benutzt jetzt die Gelegenheit des Umbaus der Villa Catuzzi um zumindest eines der passenden Verstecke zu finden. Überaus verdächtig erscheint mir außerdem die Tatsache, dass Dr. Gundlach Chirurgin ist, mir fällt niemand besserer für Eingriffe dieser Art ein."

„Gesù Bambino", flüsterte Foscari, „come vizioso. Aber Venus persönlich?"

„Von wegen Venus, Kollege, fassen Sie sich wieder, Evil is her name."

„Ja", grinste Foscari, „erinnert tatsächlich an den Song von Pete Alderton, die Frau ist schön wie Mona Lisa, doch sie ist wie ihr Name „Übel". Also, was schlagen Sie jetzt vor?"

„Übersenden Sie mir sofort via E-Mail die Aussage des Sekretärs und die Bestätigung des Pathologen bezüglich der Schnittwunde und versiegeln Sie so schnell wie möglich die Villa am Ritten und auch das Haus Dr. Zillners in Kaltern, es muss verhindert werden, dass man die Verstecke findet und plündert.

Sollten Sie Probleme bekommen, wird der Präsident unseres Hauses, Hofrat Dr. Sassmann, gerne auf den Chef Ihrer Dienststelle zukommen und ich selbst werde mich hier blitzartig um Lady Frankenstein kümmern. Good luck also."

„Ihr Wort in Gottes Gehörgang."

Hofrat Sassmann nickte bedeutungsvoll.

„Sehen Sie, Bernauer, die ganze Sache überrascht mich nicht wirklich", erklärte er, „alles ein wenig zu dick aufgetragen, reiche Kunden hätten die moralische Pflicht ungezogene Kinder zu unterstützen und Meerjungfrauen tanzen für Geld mit dahinwelkenden Herren. Mich beschäftigt man durch ein Kraken-Weib und bietet mir ausgleichsweise einen Bozener als Kontaktperson zu afrikanischen Sozialglobetrottern an.

Himmel, Schimmel, Bernauer, wir müssen handeln."

Bernauer nickte.

„Ich habe Auftrag gegeben, Dr. Gundlach festzunehmen und hoffe umgehend auf eine richterliche Verfügung zur Durchsuchung des Nereidenhofes und ihrer Wohnung."

Daraufhin griff Hofrat Sassmann zum Telefon.

Da sich Dr. Gundlach im Operationssaal des Schönheitsinstituts befand, mussten sich die beiden Beamten gedulden und nahmen auf einer Bank am Gang Platz.

Nach knappen vierzig Minuten wurde der Patient aus dem OP gefahren. Nach weiteren zehn Minuten, in denen sich das Operationsteam der Mäntel und Handschuhe zu entledigen pflegt, erschien eine Reinigungskraft, die ein Wägelchen vor sich herschob und steuerte den OP an.

Die beiden Beamten traten nun ebenfalls ein, mussten aber überrascht feststellen, dass sich niemand mehr im Raum befand.

Wohin war Dr. Gundlach verschwunden?

Die junge Frau, die jetzt dabei war die Wäsche einzusammeln, sah verwundert auf.

„Wieso verschwunden?" fragte sie. „Sie ist durch den Ankleideraum in ihr Arbeitszimmer gegangen, das tut sie immer nach einer OP."

„Und wo ist dieses Arbeitszimmer?"

Sie öffnete eine Schiebetür.

„Den Gang entlang und dann die erste Türe rechts."

Dort hielt sich Dr. Gundlach allerdings nicht auf und es hatte sie auch niemand gesehen.

Über Anordnung des älteren Polizisten ließ man sie von der Rezeption ausrufen, allerdings erfolglos. Dr. Gundlach war verschwunden.

Als Bernauer mit einem Durchsuchungsbeschluss und dem zuständigen Team zum Nereidenhof kam, erfuhr er lediglich, dass die OP-Schwester, die Dr. Gundlach assistierte, über deren Auftrag den Patienten erst nach zehn Minuten auf die Bahre neben dem OP Tisch transportiert und dann auf sein Zimmer gebracht hatte, Dr. Gundlach verlies auf dem für sie üblichen Weg den Operationssaal.

„Sie hat sich also noch zwanzig Minuten Vorsprung verschafft", dachte Bernauer, denn dass die Beamten nicht sofort in den OP stürmen würden, nachdem man den Patienten hinausfuhr, war anzunehmen. Die Ärztin hatte sich also ausreichend Zeit gelassen, um zu verschwinden.

Allerdings befand sich ihr Wagen noch in der Garage der Klinik und auch der Pförtner am Tor hatte die Chefin des Hauses in den letzten Stunden nicht gesehen.

Während die Beamten sich an die Arbeit machten, den Nereidenhof zu durchsuchen, hatte sich Bernauer zur Personenbefragung in das Büro der Verwaltung begeben.

Die Operationsschwester, eine Frau in den Fünfzigern, sah sehr tüchtig, resolut und ziemlich unnahbar aus. Widerwillig ließ sie sich auf einem der Stühle nieder.

„Was wollen Sie eigentlich hier?", fragte sie brüsk. „Frau Dr. Gundlach ist nicht ohne Einfluss, sind Sie sich eigentlich der Folgen für Ihre Person bewusst?"

Bernauers gleichgültige Haltung schien sie aber doch zu irritieren, also begnügte sie sich damit, ihn eisig und abwehrend anzusehen.

Erika Bauer war ihren Angaben nach seit den Anfängen in Dr. Gundlachs Schönheitsinstitut beschäftigt und hatte die Aufsicht über das gesamte Personal der Klinik.

„Wohin ist Dr. Gundlach nach der Operation gegangen?" wollte Bernauer wissen.

„Vermutlich in ihre Privaträume, so wie sie es immer tut."

„Arbeitszimmer oder Privaträume?"

„Beides", sagte sie, „manchmal übernachtet sie auch hier."

„Um welchen Eingriff hat es sich bei dem Patienten gehandelt?"

„Darauf erwarten Sie doch wohl keine Antwort", gab sie arrogant zurück.

„Das wird sich sehr schnell herausstellen", sagte Bernauer ruhig, „ich werde ihn jetzt aufsuchen und Sie begleiten anschließend die Kollegen in das Präsidium, da Sie offenbar durch Schweigen kriminellen Handlungen Vorschub leisten. Wenn es um Mord geht, versichern wir uns auch immer der Anwesenheit der Verdächtigen."

„Wieso Mord? Wir hatten hier noch nie einen Todesfall. Soll das bedeuten, Sie wollen mich verhaften?"

„Sie können selbst entscheiden, ob Sie kooperieren wollen."

Schwester Erika war überfordert.

„Nun ja", resignierte sie, „Sie werden sich ja ohnehin selbst davon überzeugen. Der Mann hatte ein Facelifting. Heute wurden noch einige Korrekturen vorgenommen, das ist doch völlig legal."

Sie blickte ihn erschrocken an.

„Es wird doch hoffentlich nichts an die Öffentlichkeit dringen, das würde den Ruin einer Klinik wie der unsrigen bedeuten."

Dazu konnte sich Bernauer nicht äußern. Die Gefahr für die Klinik lag hier nicht darin, dass medizinische Berichte öffentlich würden, sondern in der Tatsache, dass die Leiterin des Instituts sich einer Festnahme wegen Mordverdachtes entzogen hatte.

„Werden Patienten nach der Operation immer erst nach zehn Minuten auf ihre Zimmer gebracht?"

„Dieser Eingriff erfolgte unter leichter Anästhesie und der Mann war weitgehend bei Bewusstsein, ich sollte lediglich feststellen, ob sein Kreislauf für den Rücktransport stabil genug sei. Die Werte waren in Ordnung und ich habe ihn auftragsgemäß nach zehn Minuten auf sein Zimmer bringen lassen. Wenn nur der geringste Zweifel besteht, kommt ein Patient bei uns auf die Intensivstation."

„Ist es auch üblich, dass Dr. Gundlach die Beurteilung dem Personal überlässt und sich entfernt?"

Es hatte kurz den Anschein, als wollte sie ob dieser Demütigung aufspringen, besann sich aber offensichtlich des vorher Angedrohten und die angespannt feindliche Unterhaltung nahm einen ruhigeren Verlauf.

„Während des Eingriffs rief die Rezeption an und verlangte sofort, Dr. Gundlach zu sprechen. Was dann so wichtig gewesen war, weiß ich nicht."

Offensichtlich hatte man ihr mitgeteilt, dass die Polizei im Klinikum eingetroffen war und den Betrieb behinderte.

„Jedenfalls kann ich Sie nicht zu diesem Patienten führen", sagte sie, „er liegt auf Luxusklasse in einem Appartement und besteht darauf, mit niemandem in Kontakt zu kommen."

„Wer ist der Mann?"

„Sein Name ist Koch, Robert Koch."

„Und wer ist Robert Koch, außer einem verstorbenen Mikrobiologen?"

„Hier jedenfalls Privatier, mehr weiß ich nicht. Viele Patienten legen unter den gegebenen Umständen Wert darauf, ihre Identität auch vor dem Personal geheim zuhalten und das ist ja auch mehr als verständlich."

„Wie lange befindet sich Herr Koch bereits in dieser Klinik?"

„Seit ungefähr drei Monaten", sagte sie.

„Für ein Facelifting?" fragte Bernauer ungläubig.

„Umfassendes Facelifting", korrigierte sie, „ein schwerer medizinischer Eingriff und vor allem, optisch nicht zu verbergen. Viele unserer Patienten bedienen sich unseres

Komfortpaketes zur Uberbrückung des Wundheilungspro-
zesses."

„Wo ist das Appartement Herrn Kochs?"

„Er braucht Ruhe, handelt es sich hier um eine zulässige
polizeiliche Anordnung?"

„Natürlich, wie bei allem anderen auch."

Das Raumarrangement, in dem Koch residierte, lag im
Dachgeschoß und bot jeglichen Komfort.

„Wer hat beschlossen, mir Gesellschaft zu leisten?", fragte
er maliziös, als Bernauer mit seinem Begleiter in Uniform
eintrat.

Kochs Gesicht war zum Teil mit weißen Bandagen bedeckt.
Bernauer stellte sich und seinen Kollegen vor.

„Ich will Sie auch nicht lange belästigen, bitte, beantworten
Sie mir nur einige Fragen."

„Geht das nicht ein bisschen zu weit, ich wurde eben ope-
riert. Warum wollten Sie mich sprechen?"

„Es wird nicht lange dauern. Kennen Sie Frau Dr. Gundlach
persönlich?"

„Wie man seinen Arzt eben so kennt, ich vertraue ihr. Bis
im Moment war ich auch weitgehend schmerzfrei, jetzt allerdings..."

Bernauer unterbrach ihn einfach:

„Ich frage Sie nach Dr. Gundlach und nicht nach Ihrer Be-
findlichkeit. Stehen Sie mit ihr auch privat in Bekanntschaft?"

„Was gehen Sie meine persönlichen Angelegenheiten an?"

„Bei Mord gibt es keine privaten Dinge mehr, wie stehen Sie
zu Dr. Gundlach?"

„Edgar Ellen Po live?" fragte Koch, Mord in der Rue Nereidenhof? Da habe ich ja noch einmal Glück gehabt. Hoffentlich gilt das auch für meine Chirurgin, sie lebt doch noch?"
Sein sarkastischer Ton wurde gönnerhaft.

„Wie auch immer, ich bin ihr Patient, nicht mehr und nicht
weniger. Sicher haben Ihre Leutchen meine Krankenakte
sowieso schon geprüft?"

„Das werden sie noch."

„Bis dahin spricht unsere Unterhaltung also mehr für Kalkül
als sonstiges?"

„Hatte Dr. Gundlach die Absicht, nach Ihrem Eingriff einen
weiteren Termin wahrzunehmen?"

„Das fragen Sie mich? Unsere letzte Kontaktnahme bestand aus dem Druck über einem Verband, den sie mir an-
legte. Nun ist sie offenbar verschwunden, womöglich sogar
mit meinem Akt, sie wird doch keinen Kunstfehler verbergen wollen?"

„Ich kann Sie amtsärztlich untersuchen lassen und mit aufs
Präsidium nehmen, das wird bei Ihrem Zustand sicher me-
dizinisch vertretbar sein."

„Wozu denn? Wenn ich nicht irre, verteilen sich zurzeit Ihre
Kanoniere mit schweren Geschützen im ganzen Haus. Die
werden doch leicht alles Gesuchte finden."

„Sie waren also durchaus in der Lage, aufzustehen und aus
dem Fenster zu schauen, nach diesem Leidensweg der
Verschönerung?"

„Haben Sie etwas anderes gegen mich vorzubringen, als
dass Dr. Gundlach vor Ihrem Eindringen den letzten Eingriff
an mir vorgenommen hat und vor allem, was erlaubt Ihnen
meine persönlichen Rechte zu missachten?"

„Wie ist Ihre Privatadresse, Herr Koch?"

„Sie werden mich noch einige Zeit hier finden, so lange kann Ihnen mein Krankenakt erschöpfend Auskunft geben, andernfalls wird es mein Anwalt tun. Ich bin müde, also lassen Sie mich in Ruhe."

Commissario Foscaris Experten war es inzwischen nicht nur gelungen, im Zuge der Hausdurchsuchungen sowohl das Versteck Catuzzis am Ritten, als auch den Tresor im Winzerhaus Dr. Zillners in Kaltern zu finden.

Die stillgelegte Senkgrube aus Beton unter der Orangerie Catuzzis war tatsächlich mit einer Stahltüre verschlossen worden. Betätigte man einen als Sicherung getarnten Hebel am Schaltbrett für die Stromversorgung im Gewächshaus, bewegten sich Holzbohlen samt einer schweren Truhe zur Seite und gaben den Zugang nach unten frei.

Der Stahltresor im Hause Dr. Zillners befand sich hinter der beweglichen Rückwand des schweren Armadios im Kaminzimmer, welches Bernauer bereits von seinem Besuch her kannte. Der Safe war in die dicke Natursteinwand einbetoniert worden und die massive Stahltür wies, wie diejenige im Hause Catuzzis, weder Schloss noch eine ähnliche Einrichtung auf. Sichtbar war nur fugenloser gebürsteter Stahl.

Leider konnten beide Tresore nicht geöffnet werden, da die einzige, die vermutlich beide Zugangschips besaß, Dr. Solveig Gundlach war, die aber noch rechtzeitig hatte flüchten können.

Bernauer ordnete an, dass aus dem Bad der Privaträume Gundlachs persönliche Gegenstände wie Haarbürste und

Wäsche der Arztin zum Zweck einer DNA Probe sicherzustellen seien. Ein Vergleich mit dem Blut auf der Katzenpfote von Theseus zeigte eindeutig die Übereinstimmung.

Bernauer ließ Dr. Gundlach wegen dringenden Mordverdachtes zur Fahndung ausschreiben, ihre Konten, soweit erfassbar, wurden gesperrt.

Am selben Tag erreichte Bernauer der Anruf einer Beamtin der Spurensicherung aus dem Nereidenhof, dass sich der Patient Koch anschickte, die Schönheitsfarm zu verlassen. Eine Schwester, die mit dem Nachmittagskaffe in sein Zimmer gekommen war, hatte Meldung an Oberschwester Erika erstattet und die Polizistin, die sich mit der Prüfung der Aufenthaltskosten beschäftigte, hatte zufällig mitgehört und beide Eingänge überprüft. Am Lieferanteneingang war auch bereits eine Taxe vorgefahren.

„Halten Sie diesen Robert Koch an", sagte Bernauer, „er darf das Institut nicht verlassen und weisen Sie sich auch dem Taxichauffeur gegenüber aus, sodass er ihn keinesfalls befördert."

Trotz heftigen Widerstandes wurde der Patient wieder in sein Zimmer gebracht.

Als Bernauer mit einem Arzt eintraf, hatte Koch einen Tobsuchtsanfall und sogar einige Schwächeattacken hinter sich gebracht.

„Verlassen Sie sofort mein Zimmer", herrschte er Bernauer an, „oder ich werde Ihre Übergriffe öffentlich machen. Diese Chuzpe wird Sie und den gesamten Polizeiapparat teuer zu stehen kommen."

„Darauf sind wir vorbereitet", antwortete Bernauer ruhig, „wir sind einfach nicht sehr beliebt in manchen Kreisen. Das bringt unsere Tätigkeit so mit sich."
„Weil alles verrottet ist zu einer einzigen Vereinigung aus Opportunismus und Eulenspiegelei."

Obwohl Koch die Untersuchung durch den Amtsarzt ablehnte wurde er von diesem als transportfähig diagnostiziert.
Da er sich nicht ausweisen wollte und hartnäckig keine Fragen zur Person beantwortete, wurde er auf das Kommissariat gebracht.

„Hoffentlich haben wir es hier nicht mit einem Prominenten zu tun, der sich unter Ausschluss der Öffentlichkeit einem Lifting unterzogen hat und dessen Anwälte uns jetzt mit Klagen überschütten werden."
Hofrat Sassmann verfiel in ungewohntes Grübeln.
„Diese Anwälte stünden bereits Gewehr bei Fuß, beziehungsweise hätte er sie bereits gerufen, als ich ihn kurz nach dem Eingriff in seinem Appartement befragt habe. Stattdessen versuchte er durch den Hinterausgang zu verduften", stellte Bernauer überzeugt fest.
„Und werden Sie ihn hierbehalten?"
Sassmann befürchtete ganz offensichtlich, dass Koch ein privatärztliches Gutachten erbringen könnte, das als Grundlage dafür dienen würde, der Polizei Willkür im Umgang mit gesundheitlich geschädigten Personen zu unterstellen.
„Vorerst werden wir abwarten, ob uns vielleicht seine Fingerabdrücke weiterhelfen können. Wenn nicht und er entlassen werden müsste, wird er beschattet."

Koch saß Bernauer gegenüber in einem Krankenstuhl aus dem Geräteraum des Präsidiums. Beide schwiegen, bis sich schrill das Diensttelefon meldete.

Bernauer legte den Hörer auf und wandte sich dem Mann vor seinem Schreibtisch zu.

„Also, Dr. Kausch-Palmer, es wird wohl nicht mehr sehr sinnvoll sein, wenn ich Ihnen jetzt noch eine Vorladung zugehen lasse. Auch wenn Sie mit dem Verschwinden oder den Aktivitäten Dr. Gundlachs nichts zu tun haben, was sich allerdings noch herausstellen wird, kann ich Sie jetzt nicht gehen lassen. Die Justizanstalt, aus der Sie gekommen sind, wird Sie auch weiterhin in Verwahrung nehmen. Außerdem stehen Sie noch im Zusammenhang mit einem Beamtenmord."

Eigentlich hatte Bernauer erwartet, den Mann zu überraschen, indem er ihn mit seinem richtigen Namen ansprach, aber es kam keinerlei Reaktion. Vielleicht hatte Kausch-Palmer aber bereits vermutet, dass man seine Fingerabdrücke verifizieren würde.

„Wenn Sie gesundheitlich in der Lage sind ein konstruktives Gespräch mit mir zu führen, wäre es allerdings wesentlich günstiger für Sie, mir jetzt die Wahrheit zu sagen", bohrte Bernauer weiter.

„Ihre Konten sind gesperrt und Ihre Komplizen aufgeflogen. Zwei weitere Morde in Ihrem Dunstkreis sollten Ihnen ebenfalls zu denken geben, denn hier scheint eine sorgfältige Säuberungsaktion unter den Mitwissern stattzufinden."

Aber Kausch-Palmer war nicht so leicht zu erschüttern.

„In meinem Zustand verlange ich, in eine Klinik gebracht zu werden."

„Auch in einer Klinik hätten Sie keine Gelegenheit mehr zu verschwinden", versicherte Bernauer „und nach einigen Tagen würden Sie wieder zurücküberstellt in eine Zelle. Gefangene, die im Zusammenhang mit einem Polizistenmord stehen, sind auch dort nicht beliebt und genießen natürlich die besondere Aufmerksamkeit aller."

„Sie drohen mir also ziemlich grob?"

„Wieso denn drohen", antwortete Bernauer in boshaft gütigem Ton, „Ihre Nerven scheinen blank zu liegen. Wem nützt es, den Verstand durch Gefühle zu verschmutzen und die unabänderlichen Folgen nicht zur Kenntnis nehmen zu wollen, zumindest hatte ich bisher den Eindruck, auch Sie wären sehr direkt in Ihrer Ausdrucksweise. Vielleicht wünschten Sie sich zwar die Aufmerksamkeit Ihrer Umwelt nicht in diesem Ausmaß, aber Sie haben sie selbst provoziert, daher mussten Sie sich auch der Folgen bewusst sein."

Kausch-Palmer schwieg.

Plötzlich sagte er: „Was würde es für mich bringen, wenn ich jetzt das Komplexe auf das Einfache reduziere?"

Genau dies hatte Bernauer gewollt.

„Sie könnten langwierige Erhebungen gegen sich verkürzen oder rasch von Delikten ausgeschlossen werden, die Ihnen zur Last gelegt werden, obwohl Sie sie vielleicht nicht begangen haben, da wir dann sofort in die richtige Richtung ermitteln könnten. Außerdem sollte besonders in Ihrem Sinn umgehend geklärt werden, ob Sie mitschuldig am Tod des Justizbeamten in der Ordination Dr. Zillners gewesen sind."

„Körperverletzung oder Mord waren in unserer Vereinbarung ausgeschlossen. Ich selbst hätte dem Mann einfach sein Handy weggenommen, dann hätte er auch keinerlei Möglichkeit gehabt, weiteres Kapital aus meiner Flucht zu schlagen. So etwas kann in exponierten Kreisen nämlich absolut gefährlich sein und Dr. Gundlach ist aus beruflichen Gründen schon nicht gerade zimperlich. Weibliche Wesen sind überhaupt gnadenloser, wenn es darauf ankommt."

Dies konnte Bernauer nicht beurteilen, aber wenn die Gefühle der Gundlach ebenso wenig in Aufruhr gerieten, wie die von Kausch-Palmer, war es Bernauer ziemlich angenehm, wenn er nie ernstlich in ihre Krallen geriet.

Er konzentrierte sich wieder auf den Mann vor seinem Schreibtisch.

„Logischerweise", sagte er, „hängt Ihr Lebensstil für die Zukunft von Ihrer Kooperation ab, er kann dann zwar nicht gerade extravagant, aber immerhin erträglich sein. Ihre Freunde haben Sie ja verloren."

„Ich hatte nie Freunde", stellte Kausch-Palmer fest, „diejenigen, mit denen ich Geschäfte gemacht habe, mochten mich nicht, nicht ganz zu Unrecht allerdings. Und zur privaten Unterhaltung fanden sich lediglich Schmarotzer ein, übles Wohlstandsgesindel, aber ich will mich nicht beklagen, mir gefiel es, auch wenn ich diese Karikaturen persönlich verachte."

„Wissen Sie, wie absurd das klingt?"

Kausch-Palmer lächelte.

„Sie dürfen nicht alles so verbissen sehen, verehrter Major, ich habe es mein Leben lang erfolgreich mit Stalin gehalten: Liebe verschwindet, die Furcht aber bleibt."

„Und sogar diese Erkenntnis hat der alte Gauner von Pallas Athene, die lieber gefürchtet als begehrt werden wollte, gestohlen", konterte Bernauer.

„Also bitte, der Mann war Praktiker, gereift an der Materie", stellte Kausch-Palmer lakonisch fest, „glauben Sie wirklich, dass er die alten Geschichtenschreiber gelesen hätte?"

Er richtete sich auf und legte die Finger seiner rechten Hand leicht auf das Kinn.

„Ich habe Schmerzen", sagte er, „und fürchte auch, es gibt für mich jetzt jeden Grund die Tatsachen rasch offenzulegen. Schreiten wir also zum Pas de deux."

Bernauer gab den Auftrag ein Schmerzmittel zu besorgen und schob dem Mann das Mikrophon zu.

„Fangen wir mit dem Zahnarztbesuch an", sagte er.

Kausch-Palmer überlegte einen Augenblick.

„Vielleicht sollte ich mit einem kurzen Überblick beginnen."

Er überzeugte sich dabei gewissenhaft, ob das Aufnahmegerät auch tatsächlich lief.

Bernauer fühlte unerwünschter Weise einen Hauch von Bewunderung. Dieser Mann verlor auch im schlimmsten Fall nicht den klaren Blick für das Notwendige.

„Also", begann Kausch-Palmer, „Sie kennen meine Situation und die Vergehen, derer man mich beschuldigt.

Tatsache ist, dass ich mich am Handel mit illegalen Diamanten beteiligte. Das wurde mir ja auch bereits bewiesen.

In die Fänge der Justiz bin ich allerdings wie Al Capone über eine Anzeige wegen Steuerbetruges durch vermutlich beste Freunde aus der Politik gelangt. Im Gefängnis war ich dann leider zur Gefahr meiner Geschäftspartner geworden. Wie lange könnte es noch dauern und man würde mir seitens der Staatsanwaltschaft einen Deal anbieten? Ich hatte dabei nur zu gewinnen.

Mit gemischten Gefühlen erklärte ich mich daher zur Flucht aus dem Gefängnis bereit."

„Ein zweischneidiges Schwert", sagte Bernauer. „Sie haben die relative Sicherheit für totale Unsicherheit aufgegeben."

„Genau so war es. Dr. Zillner, mein damaliger Zahnarzt, den ich auf einer Fachmesse in Amsterdam kennengelernt hatte und über dessen Vermittlung ich ins Diamantengeschäft eingestiegen bin, hatte die Vorbereitungen für meinen Abgang als vorgeschützten Zahnarztbesuch geplant."

„Aber wie konnte er wissen...", begann Bernauer, doch Kausch-Palmer unterbrach ihn mit geringschätzigem Lächeln: „wohin ich zum Arzt gebracht werden würde, meinen Sie?"

Bernauer nickte.

„Dank Justitia schon. Einer der Beamten aus dem Untersuchungsgefängnis hat die Dinge gegen Bares geregelt."

Er legte ein Hand an das linke Ohr und flüsterte: „Genau genommen war es derjenige Mann, der später in der Zahnarztpraxis umgebracht wurde."

Dass der korrupte Justizbeamte ermordet worden war, erstaunte Bernauer eher als die Tatsache, dass er bestechlich gewesen war.

„Geplant war", fuhr Kausch fort, „dass ich und Dr. Gundlach, sie fungierte als Sprechstundenhilfe, über den Balkon verschwinden würden, nachdem wir den Justizbeamten gefesselt hatten. Der zweite Mann nutzte nämlich jede Gelegenheit zur Rauchpause und es war absolut sicher, dass er, wenn man uns etwas länger warten ließ, die Praxis verlassen würde, um sich am Gang eine Zigarette anzuzünden. Es wäre auch alles glatt vonstatten gegangen, hätte der Idiot von einem Polizisten in der Ordination nicht versucht, versteckt ein Foto vom Aufschließen der Handschellen zu machen, aber Dr. Gundlach hatte es gesehen. Sie bedeutete ihm sich zu setzen, um ihn dann vereinbarungsgemäß an den Behandlungsstuhl zu fesseln. Grinsend nahm er Platz.

Tatsächlich trat sie hinter ihn, nahm ein Skalpell von einer Glasplatte mit Behandlungsutensilien und zog es dann mit einer gezielten Bewegung durch seine Kehle."

„Und Sie sind einfach geflüchtet? Hat Sie denn der daraufhin sichere Tod dieses Menschen überhaupt nicht berührt?"

„Nein", sagte Kausch, „wieso auch. Es war das Schicksal eines betrogenen Betrügers."

Bernauer gab keine Antwort.

Und Kausch begann wiederum zu sprechen.

„Dann kam die Unsicherheit. Ich wusste ja immer noch nicht, ob man nicht auch mich beseitigen wollte. Aber dann fuhren Dr. Gundlach und ich ungehindert auf den Nereidenhof und ich bezog vorderhand das Dachappartement. Sehen konnte ich mich ja nirgendwo mehr lassen, schon gar nicht seit dem Mord in der Zahnarztpraxis. Es gab nur noch eine Möglichkeit, ich musste für immer von der Bildfläche verschwinden und diese Frau kannte die Lösung.

Vor mehreren Jahren hatte sie einem kleinen Gauner, mit dem sie ein Verhältnis gehabt hatte, durch eine Gesichtsoperation zu einer völlig neuen Identität verholfen. Er war an einem Polizistenmord beteiligt gewesen und hatte vorher eine Gefängnisstrafe für einen anderen abgesessen, ohne die Hintermänner zu verraten. Der Mann war ein Genie, sprachbegabt, skrupellos, überaus diplomatisch und charmant, so hatte er mit Hilfe des Milieus auch richtig Karriere gemacht als Drogenkurier und Vermittler zu den angolanischen Diamantenminen.

Nach der Gesichtsoperation übernahm er in Italien die Schaltstelle des Diamantenhandels über die Demokratische Republik Kongo. Er bezog eine prachtvolle Villa in Maria Himmelfahrt und wurde in die Gesellschaft Bozens durch Graf Siefenthal, der nun auch bereits das Zeitliche gesegnet hat, eingeführt."

Kausch-Palmer grinste höhnisch: „Lächerlich, wie bemüht man in den erlauchten Kreisen sofort um den aristokratischen reichen Römer war, der er vorgab zu sein."

Er nickte bedeutsam.

„Dies alles kam meinen Vorstellungen ausgesprochen entgegen und die Gundlach nahm mich unter ihre Fittiche. Leider haben Sie meine beschauliche Ruhe im Nereidenhof grob gestört und mich damit um den erhofften Erfolg gebracht."

„Trotzdem haben Sie noch den enormen Vorteil, am Leben zu sein", stellte Bernauer fest.

„Welch ein Triumph", sagte Kausch-Palmer ironisch.

„Warum wurde Catuzzi denn nun eigentlich umgebracht?" wechselte Bernauer das Thema, „der konnte doch niemandem schaden, schließlich lebte er doch völlig illegal in Oberbozen."

Kausch-Palmer starrte auf seine Hände.

„Wie man es nimmt", knurrte er. „Nachdem der alte Siefenthal ertrunken war, ist Catuzzi noch weitaus wichtiger geworden, denn er war der einzige, der alle Beziehungen zu Portugal und Angola hatte, jedenfalls zu all jenen, die mit der FLAN auf Kriegsfuß standen. Da er seinerzeit in Angola den Diamantenschmuggel in Zusammenarbeit mit der FLAN aufgebaut hatte, war er natürlich mit deren Arbeitsweise bestens vertraut und wusste, wie sie zu umgehen war. Allerdings hatte er dann diese Organisation betrogen und Rohdiamanten, die ihm anvertraut worden waren, für sich behalten. Also wurde er nicht nur von der Polizei in Europa, sondern auch von den Terroristen in Angola verfolgt. Und da kam Dr. Gundlach ins Spiel, veränderte sein Gesicht und aus dem talentierten Proleten war der vornehme Römer Catuzzi geworden."

„Und wer hat das alles finanziert?", fragte Bernauer ungläubig.

„Der alte Siefenthal, der reiche Lebemann. Er hatte schon vor der Zeit der Revolutionen in Angola mit Diamanten gehandelt. So war er auch mit dem portugiesischen Regierungsbeamten Luis Filipe Sousa, der in der Mine CATOCA Dienst versah, in Kontakt gekommen.

Als Sousa dann in die Zwangslage geriet, seine Frau und die beiden Töchter nach Portugal schicken zu müssen, stellte er auch Graf Siefenthal illegale Zertifikate für geschmuggelte Diamanten aus. Dafür übernahm Siefenthal den Schutz von Sousas Familie und die für sie anfallenden Lebenskosten."

„Und wie kam dann Catuzzi ins Bild?"

„Natürlich kannten sich damals alle Europäer, die in diesem Geschäft mitmischten, also war es auch bekannt, dass Catuzzi die besten Voraussetzungen für eine gewinnträchtige Zusammenarbeit mitbrachte und da er überdies mit Solveig Gundlach, einer Verwandten Siefenthals, eine Beziehung pflegte, wurde er bald ein wichtiger Mittelsmann für Siefenthal im Handel mit Blutdiamanten und anderen zwielichtigen Geschäften. Allerdings wurde er später von der Gundlach, die durch ihn bereits genug abgesahnt hatte, um ihre elegante Schönheitsfarm so luxuriös auszustatten, dass ihre Klientel nun aus den besten Gesellschaftskreisen kam, äußerst unelegant abserviert.

In letzter Zeit dürfte ihn aber auch Graf Siefenthal bereits misstrauisch im Auge gehabt haben."

„Und der Sohn des Grafen, wie stand er zu dieser neuen Machtposition Catuzzis nach dem Tod seines Vaters?"

Kausch-Palmer verzog spöttisch den linken Mundwinkel:

„Der ist im Vergleich zu seinem Vater ein sanfter Patenonkel. Wurde förmlich überrollt von diesen Dingen, eigentlich hat ihn niemand so richtig beachtet und ich glaube, es war ihm auch ganz recht so."

„Dann war also Catuzzi jetzt noch weit wichtiger als zu Lebzeiten des alten Grafen Siefenthal, wieso wurde er dann umgebracht?"

„Er war sogar so wichtig, dass die Gundlach mit diesem dubiosen Kinderhilfswerk aus Afrika eine neue Schiene für den Diamantenhandel aufgebaut hatte, um Catuzzi sukzessive entbehrlicher zu machen. Alles andere kann ich nur vermuten, ich war ja dann von aller Welt abgeschnitten, wie man weiß."

„Und was vermuten sie denn?"

„Er war zu gierig geworden und wollte alles behalten."

„Und Dr. Zillner, wieso er?"

„Das müssen Sie die Gundlach fragen, sie hat das richtige Gespür für Exekutionen zur rechten Zeit. Wie Sie sehen, ich war da schon nicht mehr im Geschäft. Eigentlich bin ich nicht einmal mehr in der Lage, meinen Klinikaufenthalt und die Operation zu bezahlen. Auf meinem Vermögen sitzt ja jetzt rachsüchtig der Bundesadler."

„Irgendwo hat der Kerl Geld", dachte Bernauer, „diese Sorte Mensch sichert sich immer ab."

„Nun, über Kost und Logis brauchen Sie sich in nächster Zeit jedenfalls keine Gedanken zu machen", sagte er. Kausch-Palmer zuckte mit keiner Wimper, es war beinahe unmöglich, ihn zu provozieren.

Inzwischen blieb Dr. Gundlach wie vom Erdboden verschluckt. Ihr Wagen stand in der Garage der Klinik und sie war an dem Tag der Hausdurchsuchung nur im weißen Ärztemantel gesehen worden. Der Portier hatte, als sie am Morgen mit dem Wagen das Tor passierte, lediglich wahrgenommen, dass sie ein schwarzes Oberteil trug. Eine schwarze Jacke hing allerdings dann an der Garderobe ihres Arbeitszimmers. Auch der Versuch, über ihre persönlichen Daten mögliche Kontakte auszuforschen, blieb erfolglos. Festgestellt wurde nur, dass Gundlach die uneheliche Tochter einer Friseuse war, die einen Kosmetiksalon in der Nähe Salzburgs unterhielt. Nach Beendigung ihres medizinischen Studiums war Solveig mehrere Jahre in der Chirurgie eines Ordenskrankenhauses in Linz beschäftigt gewesen und hatte dann das Haus, in dem sich das Institut ihrer

Mutter befand gekauft und begonnen es zu einer Schönheitsklinik auszubauen.

Woher die Mittel dafür kamen, war ungeklärt, genauso wie der Aufenthaltsort der Mutter.

Commissario Foscari, der es übernommen hatte, Graf Siefenthal zu befragen und überwachen zu lassen, war ebenfalls noch zu keinem Ergebnis gelangt.

„Es scheint so, als hätte der Graf wirklich keine Ahnung, wo sich die Gundlach befindet", sagte er, „überhaupt ist er inzwischen, scheint es, zur pro forma Figur geworden. Vielleicht ist es aber auch noch zu früh und seine Nichte erscheint erst in den nächsten Tagen, wir werden sehen."

Einen Tag später klingelte das Telefon.

„Haben sie Sinn für Society News, Kollege?" tönte Foscaris voller Bass.

„Ich bin geradezu süchtig danach", lachte Bernauer, „schießen Sie los."

„Arturo Valzer, Catuzzis Sekretär, brachte vor ungefähr einer Stunde seine Mutter zum Bahnhof, respektive er brachte sie zum Zug.

Als er knapp danach das Bahnhofsgebäude verließ, sah er auf dem Taxistandplatz den Wagen Frau Bürgers, der seinerzeitigen Haushälterin Catuzzis, mit laufendem Motor stehen. Sie musste also in Eile sein. Rasch lief er auf sie zu, um sie zu begrüßen, aber bevor er sich bemerkbar machen konnte, trat ein weibliches Wesen in Jeans und Pullover aus der Menge und stieg rasch in den Wagen, der sich sofort in Bewegung setzte.

Trotz der sportlichen Kleidung und des Piratenkopftuches, das sie nach Hippiemanier bis in die Stirne hereingezogen am Oberkopf trug, war Valzer davon überzeugt, dass es sich um Dr. Gundlach gehandelt habe. Er stieg also in das nächste Taxi und ließ den Fahrer den Wagen Frau Bürgers verfolgen. Der Mann war dann sogar äußerst bemüht, das verfolgte Fahrzeug nicht zu verlieren, da er verärgert über das Anhalten des Wagens am Taxistandplatz gewesen war. Na, was sagen Sie?"

„Das gibt es doch nicht", sagte Bernauer überwältigt, „und wohin sind sie gefahren?"

„Die Adresse haben wir, niemand hat das Haus verlassen und Valzer steht noch neben dem Eingang. Was sollen wir tun? Sie ist österreichische Staatsbürgerin."

„Observieren, ich lasse Ihnen so rasch wie möglich ein Amtshilfeersuchen zukommen."

Die Festnahme Dr. Gundlachs gestaltete sich insofern schwierig, als der Mann, in dessen Wohnung sie sich befand, heftigsten Widerstand leistete.

„Lassen Sie Ihre dreckigen Pfoten von der Dame", schrie er und ging tätlich gegen die beiden Beamten vor. Letzten Endes wurde er so renitent, dass auch er in polizeiliche Verwahrung gelangte.

In Übereinstimmung mit der Staatsanwaltschaft sollte aber Dr. Gundlach noch nicht nach Österreich überstellt werden, da zur Klärung des Mordes in Bozen die Einvernahme effizienter sein würde, weil die italienischen Zeugen an Ort und Stelle wären.

Am nächsten Tag traf Bernauer in Bozen ein.

Dr. Gundlach sah auch nach einer Nacht in der Zelle und in Jeans und Sneakers noch faszinierend aus.

„Ach, die Loge ist in Aufruhr", grinste sie, als sie hinter Froscari und Bernauer auch eine uniformierte Polizistin wahrnahm.

Auch die Feststellung ihrer Personalien ließ sie in gleichgültiger Haltung über sich ergehen, doch die Befragung zur Ermordung Dr. Zillners und des Beamten in dessen Ordination beantwortete sie lediglich mit den Worten: „Haben Sie dafür auch Beweise?"

„Da können Sie vollkommen beruhigt sein, Dr. Gundlach, die Beweise sind einwandfrei."

„Wie schön für Sie", sagte sie ruhig, „das diskutieren Sie dann am besten mit meinem Anwalt. Er dürfte demnächst eintreffen und bis dahin können Sie mir Kaffee anbieten, schwarz und ohne Zucker."

„Wie sind Sie denn ohne Ihren Wagen zuerst in die Wohnung und dann auf den Salzburger Bahnhof gekommen?", fragte Bernauer.

„In meine Wohnung überhaupt nicht. Für die Abende, die ich in der Klinik verbringe, habe ich legere Kleidung im Kasten und zum Bahnhof, falls Sie das noch nicht bemerkt haben sollten, fährt ein Bus, aus dem ich Frau Bürger verständigte, dann habe ich das Handy ausgeschaltet und die Sim-Karte entfernt. Finden Sie das strafbar?"

„Das fragen Sie besser Ihren Anwalt", sagte Bernauer ruhig, „er wird zu diesem Punkt einiges zu sagen haben."

Mario Bruni, der Mann, der Dr. Gundlach in seiner Wohnung so rabiat verteidigt hatte, war der Chauffeur und Vertraute des im See ertrunkenen Grafen Siefenthal gewesen. Nun betrat er den Verhörraum mit steinernem Gesichtsausdruck, hochmütig und arrogant.

Auf die Frage, wieso Dr. Gundlach auf ihrer Flucht zu ihm Kontakt aufgenommen habe, antwortete er:
„Weil nur ich es bin, der das vornehme Blut Frau Dr. Gundlachs kennt und ich es meinem Herrn, der durch meine Unachtsamkeit so tragisch verunglückt ist, schuldig bin, seine einzige, geliebte Tochter zu schützen."
„Dr. Gundlach ist die Tochter des Grafen Siefenthal senior? Man sprach immer von der Nichte des jetzigen Schlossherrn."
„Nein", sagte Bruni steif. „Sie ist nicht seine Nichte, sondern seine Halbschwester. Die Mutter ist Salzburgerin, aber es ist in adeligen Kreisen nicht statthaft, eine Liaison mit dem Personal eines Hotels bekannt werden zu lassen oder diese womöglich zu legalisieren. Hier handelte es sich um die Maniküre eines Hotels, in dem sich der Graf in Salzburg des Öfteren aufhielt, eine unzweifelhaft tüchtige respektable Frau. Als sie in andere Umstände geriet, ermöglichte ihr Graf Siefenthal die Eröffnung eines eigenen Kosmetiksalons und sorgte als Ehrenmann auch für das standesgemäße Fortkommen seiner geliebten Tochter."
„Indem er sie in den Handel mit Blutdiamanten einbezog?"
„Davon weiß ich nichts", antwortete würdevoll der Chauffeur Bruni, „aber es ist mir bekannt, dass die Ausgaben zum Bau der Schönheitsfarm in Salzburg zum größten Teil von Graf Siefenthal gedeckt wurden."

Foscari und Bernauer waren gleichermaßen überrascht, aber Bernauer sah jetzt auch die Erklärung für die Fragen, die er sich angesichts der ermittelten Vorgeschichte Dr. Gundlachs und der Finanzierung des Nereidenhofs gestellt hatte. Von hier kam also das Geld.

„Und der Sohn Graf Siefenthals lässt seine Schwester nach dem Tod des Vaters sicherlich auch nicht im Stich", stellte er fest.

„Graf Siefenthal weiß nicht, dass die Gnädige Frau seine Schwester ist, er hält sie für eine weitschichtige Verwandte."

„Aber er ist das Verbindungsglied zu der Hilfsaktion für afrikanische Kinder in Angola."

„Er weiß um die Existenz dieses Vereins, aber er spielt nur eine plakative Rolle als Patron für die Öffentlichkeit, denn für diese Sache hat er sicherlich zu wenig Zeit und noch weniger Interesse."

„Was nimmt ihn denn so in Anspruch?" fragte Foscari und erntete dafür einen beleidigend abfälligen Blick.

„Graf Siefenthal widmet sich der Wissenschaft, als Privatgelehrter sozusagen."

„Natürlich in Gemmologie", warf Bernauer ein.

Bruni schüttelte den Kopf.

„Mit Schmucksteinen hat er nichts zu tun, der Graf ist Astronom. Der Turm des Schlosses wurde zu einem Observatorium ausgebaut und dieses beschäftigt ihn den größten Teil seiner Zeit. Für menschliche Gesellschaft hat er wenig über."

„Warum hat er dann die offizielle Führungsrolle in der Kinderwerksstiftung übernommen, er hat doch keinerlei Verpflichtung gegenüber derjenigen Frau, in der er lediglich eine weitentfernte Verwandte vermutet?"

Bruni fühlte sich ganz offensichtlich angewidert und schwieg.

„Sie sollten sich als einzig wirklich Vertrauter des verstorbenen Grafen jetzt entscheiden", sagte Bernauer. „Wenn Sie sich seinen Erwartungen als würdig erweisen wollen, haben Sie es jetzt in der Hand, eines seiner Kinder oder beide zu entlasten. Überlegen Sie das gut und denken Sie auch daran, dass Sie der einzige sind, der Schande vom Hause der Siefenthals fernhalten kann."

Diese Vorstellung war für den Mann ganz eindeutig zu viel.

„Der Ruf derer von Siefenthal darf nicht beschmutzt werden", sagte er. „ich möchte gestehen."

Jetzt war überraschend Stille eingetreten.

„Was möchten Sie gestehen?" fragten Bernauer und Foscari beinahe wie aus einem Mund.

„Ich habe Catuzzi umgebracht", sagte er tonlos, „es war notwendig und gerecht."

„Warum", fragte Bernauer, „warum haben Sie ihn umgebracht?"

„Können wir anfangen?" fragte Bruni.

Bernauer nickte und der Mann begann zu sprechen.

„Graf Siefenthal", sagte er, „ist, wie ich bereits erklärt habe, mit seinen wissenschaftlichen Arbeiten vollkommen ausgelastet und besitzt neben seiner Passion keinerlei praktisches Engagement im Sinne der trivialen Dinge des Alltags. Die Führung des Haushaltes liegt in den Händen eines Verwalters, aber da dem Vermögen der Familie Siefenthal seit dem Tod des Familienvorstandes kein weiteres Einkommen mehr zufließt, würde sich die Zukunft der Burg und die Graf Siefenthals ziemlich trostlos gestalten.

Sein Vater hat daher die Dinge anderweitig geregelt. Frau Dr. Gundlach, die bereits seit Jahren in den Diamantenhandel involviert ist, sollte später diese Geschäfte weiterführen und einen genau geregelten Anteil in den Haushalt ihres Bruders einfließen lassen. Das Procedere sollte wie vereinbart weiterlaufen.

Zum Ausbau des Geschäfts war Catuzzi als Schaltstelle in Bozen installiert worden, da sich seine Kenntnisse im Diamantenhandel und die Verbindungen in Angola als beinahe unbezahlbar erwiesen hatten. Die Geschäfte waren immer schwieriger geworden seitdem der Vater von Julia und Violetta aus Altersgründen keine Vollmachten mehr besaß und irgendwann überhaupt verschwunden war."

Bruni schwieg und sagte plötzlich zornig:

„Einige Zeitlang lief alles besser, aber dann begannen wieder die Schwierigkeiten. Die Sendungen aus Angola kamen unregelmäßig oder wurden beschlagnahmt und kurze Zeit darauf war die Verbindungsstelle in Österreich geplatzt."

Er schüttelte fassungslos den Kopf.

„Der dumme Mensch in Salzburg hatte sich politisch exponiert und befand sich plötzlich in Untersuchungshaft und Dr. Gundlach nahm ihn dann in ihre Klinik auf, um ihn wie seinerzeit Catuzzi einer Gesichtsoperation zu unterziehen."

„Zuvor hat sie allerdings dem Justizbeamten in der Zahnarztpraxis Dr. Zillners noch die Kehle durchtrennt."

Dazu gab Bruni keine Antwort, aber er lächelte Foscari geringschätzig an.

„Und dann?", fragte Bernauer.

„Dann", sagte er, „begann mein verehrter Chef Graf Siefenthal Verdacht zu schöpfen. Catuzzi hatte die verschwundenen oder beschlagnahmten Diamanten vermutlich für
sich behalten. Irgendwo in seinem Haus befindet sich ein
Versteck, das man nur durch einen Mikrochip öffnen kann
und diesen Chip hatte Dr. Gundlach seinerzeit in die Handfläche Catuzzis zwischen Daumen und Zeigefinger eingepflanzt."

Er starrte missmutig auf den Tisch mit dem Mikrophon.

„Auch meine Nichte, die Haushälterin Catuzzis, konnte
nichts Konkretes beobachten."

„Ihre Nichte war also als Spionin eingeschleust worden?"

„Nein, nur zur Sicherheit, Catuzzi hatte praktisch jede Menge Freiheit. Meine Nichte sollte lediglich ein Auge auf ihn
haben."

Er kniff die Lippen zusammen.

„Dann kam das Schreckliche: Graf Siefenthal stürzte vom
Steg in den See und ertrank. Durch meine Schuld, ich hätte
mich selbst von der Feststellung der Bremsen am Rollstuhl
überzeugen müssen, bevor ich zum Wagen ging", setzte er
klagend nach einigen Sekunden hinzu.

„Die Gewissheit", fuhr er fort, „kam etwas später. Catuzzi
hatte sich an den Salzburger Kriminalbeamten herange-
macht, der den Fall des entführten Trottels aus Salzburg
bearbeitete, denn nur der konnte die Dinge steuern, wenn
bei den Ermittlungen gegen Kausch-Palmer weitere Verbindungen aufflogen."

„Wie kamen Sie denn zu dieser Gewissheit?", fragte Bernauer, „ich befand mich doch auf Urlaub."

„Mit dem eigenen Flugzeug?" sagte Bruni gehässig, „Zimmer im besten Hotel Bozens? Das kostet Geld, und dann sofort eine Einladung in Catuzzis Villa?"

„Grundgütiger", dachte Bernauer, „die Bozener Kriminalpolizei verdächtigte mich sofort der Bestechlichkeit, Catuzzi wollte mich tatsächlich bestechen und Gundlach und Zillner verdächtigten mich ebenfalls."

„Diese Geschichte versetzte Dr. Gundlach in Panik", sagte Bruni, „und so stellte sie fest, dass gehandelt werden musste, bevor sich Catuzzi und der österreichische Beamte einigten und sich die Beute teilten. Das Versteck würde sich schon noch finden, wenn man das Haus erst gründlich untersucht hatte."

„Also haben Sie Catuzzi umgebracht, ihre Nichte hat die Alarmanlage ausgeschaltet und den Chip hat Dr. Gundlach aus der Hand Catuzzis genommen, bevor ihn der Sekretär gefunden hat."

Wieder nickte Bruni.

„Und Sie waren es auch, der versucht hatte Julia Bereta zu erwürgen, nachdem Sie von Dr. Gundlach telefonisch verständigt worden waren, dass sie durch Julia auf dem Weingut Kaltern entlarvt werden könnte?"

„Ja", antwortete Bruni, „so wie es notwendig und gerecht war. Schlechtes Blut, Gesindel und korrupt."

„Und nachdem man den Tresor Catuzzis nicht finden konnte, sollte nun Dr. Zillner seinen eigenen Anteil herausgeben, unter dem Vorwand, er würde ihn zurückbekommen, wenn das Versteck gefunden wäre. Er weigerte sich, doch in seinem Haus in Kaltern konnte es ja nicht so schwer sein, den Tresor aufzuspüren. Den passenden Chip zu bekommen war für Dr. Gundlach ebenfalls kein Hindernis, sie selbst hatte ihn Dr. Zillner eingepflanzt."

„Ich weiß nicht, wovon Sie reden" sagte der Alte, „ich habe gestanden, nehmen Sie mich fest und lassen Sie die Familie in Ruhe. Menschen wie Sie", er wies auf Foscari und Bernauer, „fehlt von vornherein das natürliche Empfinden dafür, Müll zu erkennen und ihn dorthin zu verweisen, wohin er gehört."

„Mag sein", sagte Bernauer „doch wird mein natürliches Empfinden dafür sorgen, dass Diamanten, die mit Blut besudelt sind, nicht mehr in die falschen Hände geraten."

Wieder lächelte Bruni boshaft:

„Dann werden die Steine aus Catuzzis Versteck in niemandes Hände kommen, egal, ob sie diesen Safe finden oder nicht. Sogar Dr. Gundlach könnte Ihnen dabei nicht helfen."

„Es gibt also eine zusätzliche Hürde, die nicht einmal Dr. Gundlach kennt?

Bruni grinste: „Lassen Sie sich ruhig Zeit."

„Wir wären jetzt raus aus dem Fall, Foscari", sagte Bernauer, „aber ich kann noch immer nicht begreifen, warum mich Catuzzi in das Weingut nach Kaltern locken wollte? Dass er versuchte mich auszuhorchen, vielleicht schon beim Bridge in Salzburg, scheint mir nicht so weit hergeholt, diese Cliquen sichern sich schon von der Natur der Sache her ab, wahrscheinlich hoffte er, von mir den Stand der Ermittlungen in Sachen Kausch-Palmer zu erfahren, aber warum hat er mir dieses Weingut empfohlen? Vielleicht sollte man doch noch Violetta befragen, sie war es doch, die den Tod Catuzzis vorausgesagt hat? Ich kann es nicht ausstehen, eine Sache zu beenden, wenn mein Gefühl noch nicht zufrieden ist."

Foscari sah ihn etwas skeptisch an: „Violetta ist einfach verrückt und erzählt Geschichten von Hölle und Teufeln, vielleicht war es auch nur wieder eine ihrer sogar oft zutreffenden Prophezeiungen, die sie aus den Tarot-Karten bezieht. Einerseits überraschend genial diese Person und sie hat Charisma, ist nur total verrückt."
Er lachte anerkennend.
„Eine richtige kleine Berühmtheit in der Region. Wenn es sie nicht gäbe, müsste man sie erfinden. Manche kommen überhaupt nur zu ihr, um das Gruseln zu lernen."
„Dann", sagte Bernauer, „habe auch ich das Bedürfnis dass es mir wieder einmal so richtig gruselt."

Violetta war mit ihrer Schwester gekommen und saß gerade und uninteressiert auf dem unbequemen Stuhl am großen Tisch des Verhörzimmers.
„Frau Bereta", begann Bernauer in beruhigendem Ton, „Sie haben Herrn Catuzzi gekannt."
Violetta schwieg.
„Hat er Wein gekauft, haben Sie ihn dort gesehen?"
„Nein", sagte Violetta plötzlich lebhaft, „der Mann hat sich im Weingarten herumgetrieben. Dann ist er hereingekommen, hat mich nach den Karten gefragt und ob ich sie für ihn lesen könnte. Ich habe nein gesagt. Er ist aber wieder-

gekommen und hat mir vom Polizisten erzählt und seiner Frau, aber ich bin weg zum See hinunter gelaufen.

„Warum denn?", fragte Bernauer, „hat er Sie geängstigt?"

„Natürlich wollte er das", warf Julia ein, „und Violetta sollte es mir erzählen. Der Mann war viel zu schlau um nicht zu bemerken, dass Dr. Zillner und die Gundlach ihm misstrauten und möglicherweise sogar etwas gegen ihn im Schilde führten. Er wollte also den Anschein erwecken, er sei mit einem Kriminalbeamten bereits in näherer Verbindung. Violetta", fragte sie, „hast Du Dich gefürchtet?"

Violetta schüttelte den Kopf und lächelte höhnisch.

„Er dient dem Dämon aus blutigen Steinen, aber der Engel wirft die Trauben in die Kelter von Gottes Zorn. So steht es geschrieben."

Sie wiederholte drohend: „Von Gottes Zorn."

„Violetta", unterbrach Julia ihre Wahnvorstellungen, „Du hast der Frau des Polizeimajors gesagt, dass ein Mensch sterben wird. Wieso?"

„Ich habe es gehört."

„Was hast Du gehört?"

„Der Alte sagte: ‚Catuzzi hat den rechten Glauben verloren, aber Diamonds can not wait. Erledige diesen Schweinepriester."

„Ein Priester des Bösen", trumpfte Violetta auf, „ich habe es selbst gehört und natürlich war es doch dieser Catuzzi, der alle Briefe vernichtet hat, die mir Vater geschrieben hat und das hat den Alten sicher sehr geärgert. Aber jetzt wusste ich, der Mann würde ihn töten und habe gewartet."

„Schweinepriester ist ein abfälliger Ganovenausdruck für einen Verräter", erklärte Bernauer.

„Und wer ist es gewesen, der Catuzzi töten sollte und wer ist der Alte?"

Violetta überlegte.

„Ich weiß es nicht mehr."

„Aber dann hast Du ja gesagt, dass der Mann aus Salzburg gekommen ist, um selbst die Rache in die Hand zu nehmen", wandte sie sich an ihre Schwester Julia und flüsterte ihr zu:

„Seine Frau musste eingeweiht werden, sie allein besitzt die Gabe."

Julia schüttelte den Kopf.

„Das hast Du falsch verstanden Violetta, der Mann ist Polizist, er wollte nicht Rache, sondern Gerechtigkeit."

Violetta sprang auf:

„Gerechtigkeit, durch ihn? Er ist nur ein Werkzeug Gottes", keuchte sie. „Ich bin Jahwe, dein Gott, spricht der Herr, du sollst neben mir keine anderen Götter haben."

Schaudernd erkannte Bernauer nun den Zusammenhang.

Für Violetta hatte in Erinnerung an die schrecklichen Gräueltaten in Angolas Mine das Feindbild des Teufels die Gestalt funkelnder Diamanten angenommen. Für ihn wurden die Menschen geopfert und gefoltert und alle, die geblendet diesem Götzen dienten, waren für Violetta mitschuldig und standen damit auch automatisch zwischen ihr und dem krankhaft vermissten Vater. Die Dinge zu sehen, wie sie tatsächlich gewesen waren und sie beim Namen zu nennen, ließ ihr gestörtes Bewusstsein nicht mehr zu, denn die Wunden, die diese angolanischen Erlebnisse in die kindliche Seele geschlagen hatten, waren zu tief.

Besonders erschütternd war allerdings, dass sich hier die religiöse Erziehung durch die Nonnen, die dem Kind hätte Halt geben sollen, gegenteilig ausgewirkt hatte. Durch sie kam Violetta in Berührung mit der Bibel und der mystischen Offenbarung des Johannes, die nicht nur von Feuer und Blut, sondern auch vom Weingarten und den Trauben Gottes sprach, aber Violettas Leben vergiftete, weil sie darin die Bestätigung ihres Wahns gefunden zu haben glaubte. Dazu kam die nichtbewältigte Trauer um ihren Vater, den sie immer wieder in so vielen Männern gesehen haben wollte, und durch den sie sich die Erlösung aus all ihren Ängsten erhoffte.

„Es gibt nur einen Gott und keinen Götzen", sagte Bernauer betont ruhig und verständlich, „das wissen wir."

Violettas Blick wurde wieder fanatisch:

„Alles Lügen, es ist eine List, ihn jetzt zu verleugnen. Aber man hat bereits vorher von ihm gesprochen."

Sie erhob sich anklagend.

„Sein Name ist Laurin, er ist in Blut und Edelsteine gekleidet und mit Tränen geschmückt, er kommt aus den Minen Angolas und verbirgt sich im See. Er ist wütend und auch der Alte hat ihn beschworen."

„Aber Laurin ist doch kein Dämon, sondern ein Zwergenkönig, der einen riesigen Schatz hinter seinem Felsengärtchen im Berg besessen haben soll, nicht in den Minen", berichtigte sie Julia.

„Diamanten?"

„Ja auch, nur als man ihn dann bestohlen hatte, wurde er sehr, sehr zornig und verfluchte seine Feinde. Aber wer ist der Alte?

„Ich weiß es nicht mehr."
Lauernd beugte sich Violetta vor.
„Aber dann hast Du doch gesagt, auch der Polizist aus Österreich beschwört ihn."
„Nein, Violetta, ich sagte, dass er auf das Laurin schwört und daher leicht zu finden ist, es war vom Hotel Laurin die Rede, nur von einem Haus also. Zudem ist dort auch die einzige Bar, in der Catuzzi gelegentlich verkehrte. So sind sich Major Bernauer und Catuzzi auch begegnet. Von einem Dämon war niemals die Rede, weil es keine Dämonen gibt."

Violettas Mundwinkel zogen sich verächtlich nach unten.
„Doch, ich habe den Frevel mit eigenen Ohren gehört."
Sie verschränkte die Arme und starrte aus dem Fenster.

Julias Handbewegung bedeutete Foscari und Bernauer, ihr das Gespräch zu überlassen.
„Was hast Du gehört Violetta?", fragte sie ganz ruhig, „ich bin Deine große Schwester, Du musst es mir sagen. Vater will es so."
„Auch wenn es eine Sünde war?"
„Ja, auch dann."
Violetta nickte tonlos. Sorgfältig suchte sie die Worte aus ihrem Gedächtnis zusammen.
Der Alte hat gelacht und gesagt: „Für uns ist der Weg ins Paradies offen, das Zauberwort ist LAURINS ZORN."

Ihr rechter Zeigefinger schoss anklagend nach vorne.
„Er hat Gott gelästert, es ist GOTTES ZORN der sie vernichten wird."

Da verstand Bernauer plötzlich, worin die zweite Sicherung des Diamantenverstecks, die nur mehr dem Chauffeur des alten Grafen bekannt war, bestand.

Es gab neben diesem Chip ein zusätzliches Codewort, das gesagt werden musste, um den begehbaren Tresor unter der Orangerie Catuzzis zu öffnen.

Dieser Code war: „LAURINS ZORN".

Der alte Siefenthal hatte das Code-Wort also gewusst und vertraute es allein seinem treuen Chauffeur an, als er ihm den Auftrag erteilte Catuzzi zu töten, sobald dessen Tresor ausgekundschaftet war.

Die Diamanten mussten ein Vermögen wert sein und vermutlich lagerten hier auch noch andere Werte, vor allem belastende Papiere. Violetta hatte aus ihrem Versteck hinter den Weinstöcken die Lösung des Rätsels gehört, aber nicht verstanden.

Nur Julia war blass geworden.

„Violetta", sagte sie, „wer hat dieses Zauberwort gesagt? War es der alte Mann im Rollstuhl, der durch ein Unglück im See ertrunken ist?"

„Wieso Unglück?" fragte Violetta verständnislos.

„ICH habe doch Papa vom Bootssteg gestoßen, bevor der grässliche Mann mit dem großen Auto zurückkam. Ich erlaube es nicht, dass mich Papa schon wieder verlässt."

Bernauer saß auf der Dachterrasse seines Zimmers und genoss ein letztes Mal den herrlichen Ausblick bis weit über die Berge hin. Morgen würde es zurückgehen nach Salzburg und eigentlich war er auch ganz zufrieden damit, für das abendliche Konzert in der Lounge hatte er sich bereits umgezogen.

Seit Jahren kannte und schätzte er den Pianisten, der heute Strawinsky spielen würde, und die aufwühlende Musik einer russischen Seele betrachtete Bernauer als krönenden Abschluss dieses ungewöhnlichen Falles.

Er hob nun seine Biertulpe gegen die gewaltigen Steilwände des ehrwürdigen Dolomitenmassivs.

„Laurin, alter Haudegen", sagte er, „wollen wir uns noch einen letzten Schluck an der Bar gönnen?"

Im selben Augenblick erfassten die niedergehenden Sonnenstrahlen die schroffen Zacken am Horizont und Laurins Felsengärtchen glühte auf wie unter dem Schein tausender blutroter Rosen.

Bernauer lächelte.

„Ganz ruhig bleiben, Kumpel", sagte er, „ich beeile mich ja schon."

Weitere Titel der Autorin:

Band 1 der Krimi-Reihe
„Die Fälle des Major Joschi Bernauer"

Mörderischer Kontrakt

Hochrangige Mitglieder der eleganten Gesellschaft eines priva-
ten Salzburger Bridge-Clubs finden auf grauenvolle Weise den
Tod.
Info und Kontakt:
https://www.facebook.com/people/Ingeborg-
Mistlberger/100011903207839

Das e-book und das Taschenbuch sind im Amazon-Kindle-
Verlag unter der ISBN 9781530831760 erhältlich.

Band 2 der Krimi-Reihe
„Die Fälle des Major Joschi Bernauer"

High Heels und Pisse

Major Dr. Joschi Bernauer, Leiter der Mordkommission
Salzburg, ermittelt auf zwei völlig gegensätzlichen
Ebenen, in der Welt des Reichtums und der der Armut.

Das e-book und das Taschenbuch sind im BoD Verlag
unter der ISBN 9783741267437 erhältlich

Band 3 der Krimi-Reihe
„Die Fälle des Major Joschi Bernauer"

Zum Sterben schön

Major Dr. Joschi Bernauer, Leiter der Mordkommission
Salzburg, ermittelt international in allen Facetten des Glamours.

Das e-book und das Taschenbuch sind im BoD Verlag
unter der ISBN 9783752877007 erhältlich

Band 4 der Krimi-Reihe
„Die Fälle des Major Joschi Bernauer"

VATER UNSER

Major Dr. Joschi Bernauer lüftet in seinem neuesten Fall die dunklen Geheimnisse einer angesehenen Salzburger Bürgerfamilie.

Das e-book und das Taschenbuch sind im BoD Verlag unter der ISBN 9783749433339 erhältlich